シン
『妖精の宿木亭』の料理長
チヨ
和の国からやってきた女の子
ラナと出会い、一緒に『妖精の宿木亭』を経営することに。
タキ
シンの弟
ラナ
宿屋&食堂『妖精の宿木亭』の女将
正体は第二王子の元婚約者で、無実の罪で悪役として追放されたエレイン・ラナ・ノリス公爵令嬢。実は転生者なので、前世のコスプレ趣味を活かして変身し、身分を隠して下町の宿屋の女将になる。
地味で目立たない私は、今日で終わりにします。1
下町で宿屋の女将《おかみ》に大変身!

アーロン
第二王子の側近
ウィルフレッド
第一王子
わけあってラナの行方を捜している。
ヒューバート
王宮筆頭魔導師の息子
フレドリック
第二王子
サンドラに惚れてラナに学園パーティーで婚約破棄を言い渡す。
サンドラ
『聖女』だと
預言された少女

地味で目立たない私は、今日で終わりにします。 1

下町で宿屋の女将《おかみ》に大変身!

大森蜜柑
Mikan Omori
ill れいた
Reita

口絵・本文イラスト
れいた

装丁
百足屋ユウコ＋しおざわりな
（ムシカゴグラフィクス）

CONTENTS

第一章　婚約破棄された公爵令嬢

「エレイン・ラナ・ノリス！　お前との婚約は破棄させてもらう！　私の大切なサンドラに対する数々の非道な行い、すべてこの耳に入っているぞ！　己が地味で目立たぬからと言って、美しいサンドラに裏で嫌がらせをするとは、外見だけでなく心根まで醜いな！　心優しいサンドラが、お前を責めるなと言うから今まで我慢してきたが、それももう限界だ！」

エレイン・ラナ・ノリス公爵令嬢は、ワイリンガム王国の防衛大臣を務める父を持ち、隣国アルフォードの姫を母に持つ、この国の貴族令嬢の中でも頂点に立つ令嬢である。

しかし、そんな両親を持って生まれた彼女は今、学園の創立記念パーティーの最中にいきなり突き飛ばされ、床に倒れていた。

彼女の婚約者であるフレドリック王子の隣には、昨年この学園への編入を特別に許された、聖女と預言された少女が寄り添っている。

だが彼女は、その少女が本当に聖女だとは信じられずにいた。

今から十六年前の大量に星が流れた夜、大神殿に仕える最高神官により、信じられない事が予言された。

「もうすぐこの国に聖女様がお生まれになる！　その御力が覚醒《かくせい》するのは十五歳から十六歳の誕生日を迎えるまでの間。聖なる力をもってこの地の民を救うだろう」

大神殿には、事実かどうかも定かでない、大昔にどこかの国に現れたという、聖女の起こした数々の奇跡について書かれた古い書物が残されており、それを信じる国王を筆頭とする権力者達は、今か今かと聖女が現れるのを待っていた。

そしてそれから十五年経《た》ったある日の事、王宮の門前で流れの預言者が言った「彼女は聖女の生まれ変わりである！」という一言で、たまたまその近くを歩いていた、ただ美しいだけの少女は、たちまち聖女へと祀り上げられてしまったのだ。

少女の名前はサンドラ。学校へも通えない、貧しい平民娘であった。

しかしいくら待っても彼女に聖女の力は現れず、あれから一年が過ぎようとしている。

そしてサンドラは今、力が覚醒するまでの期限である、十六歳の誕生日を間近に控えていた。

その為周囲の大人達からは、ずいぶん前から人違いだったのではないかと、疑いの目を向けられていた。

しかしそれを王子達が庇《かば》い立《だ》て、まだ目覚めていないだけで、彼女は間違いなく聖女だと言い張っている。

皆は気が付いていないだろうけど、預言者の言った言葉は「聖女である」ではない。

あくまでも彼が言ったのは「聖女の生まれ変わり」であり、要するに生まれ変わった今は、ただの普通の女の子という事ではないか、と私は考えている。

しかもそれが嘘《うそ》か本当かは誰にもわからず、預言者を咎《とが》める事も難しい。聖女の生まれ変わりかどうかなど、証明する術は無いのだから。

預言者は聖女を見つけた褒美にと、国から金貨二十枚をせしめて早々に姿をくらましていた。

書物によれば、聖女とは魔を祓《はら》えるほどの強力な癒しの力を持つ乙女《おとめ》とされているけど、私は聖女なんてものは初めから存在しないのではないかと考えている。


サンドラは、平民であるが故に貴族令嬢達からは爪弾きにされてきたけれど、この学園内では誰も嫌がらせなどという低俗な事はしていない。

私は影が薄いながらも、学園の令嬢達をまとめるリーダーとして、サンドラに何かしようとする令嬢達を窘《たしな》めて、何度も思いとどまらせてきたのだから。

それなのに、彼らの中ではどういうわけか、私が非道な行いをした事になっている。

会場内では、私を擁護しようとする令嬢達が私の背後にズラリと並び、フレドリック殿下とサンドラを睨《にら》んでいる。

男性からはあまり好まれないけれど、女性からの支持はあるというのは唯一の救いだ。

「皆さん、おやめになって。私なら大丈夫です。大切な学園の創立記念パーティーを、このような事で台無しにするわけに参りません。フレドリック殿下、場所を変えましょう。婚約破棄など今このタイミングで、それも皆様の前でするものではございませんわ」

「酷いです！　フレドリックを皆の見ている前で注意するだなんて、あなたは王子様を馬鹿にしているんですか？」

私は良かれと思って別室で話し合いましょうと提案したのに、サンドラは何を思ったのか、殿下を庇うように前に立ち、涙目になって私を批難し始めた。


今日の彼女は学園行事に相応《ふさわ》しいとは思えない、どこぞの姫かと見紛うほどの豪奢《ごうしゃ》な装いだった。着ているドレスは平民にはとても手の届かないはずの最高級の絹織物を贅沢《ぜいたく》に使い、流行のデザイナーにデザインさせ、王室御用達の仕立屋に仕立てさせた、誰が見てもひと目でわかる一級品。そしてなぜか頭には、私が王太子妃となる日に受け取るはずのティアラを載せ、誰が選んだ物なのか、首元でやたらと存在感を放つネックレスと揃《そろ》いの、とても重そうな大粒のルビーとダイヤのイヤリングがキラキラと輝き、その耳元で揺れていた。

「馬鹿になどしていませんわ。どうしたら今の言葉をそのように曲解する事が出来るのです。あなたこそ、大勢が見ている前で王太子殿下を呼び捨てになさるだなんて……非常識にも程がありますす」

いくら聖女として扱われていようとも、王太子殿下を呼び捨てにするのはいくらなんでも有り得ない。あまりの非常識さに、思わず呆《あき》れてその事を指摘すると、今度は殿下が彼女を庇《かば》った。

「黙れ、エレイン！　サンドラには名を呼ぶ事を許しているのだ、お前に批難されるいわれは無い！　お前は普段からそうやってサンドラに対し、ネチネチと嫌味を言っているのだろう？」

「……殿下、私は彼女に対して、嫌味など一度たりとも言った事はございません」

殿下は自分の婚約者を前にして堂々と別の女性を庇い、何の落ち度も無い私に蔑《さげす》むような視線を向けてきた。

「シラを切る気か？　可哀想《かわいそう》なサンドラには、お前からの嫌がらせを逐一報告させてきたが、健気《けなげ》にも悪いのは自分だから、エレインを責めないでと頼んでいたのだぞ。それを良い事に嫌がらせはどんどんエスカレートしていき、ついには暴漢を差し向けるまでに至ったな！　今この場でお前が何をしてきたのか皆に聞かせてやろう。サンドラ、私が付いているから、この女の悪事を暴露してやるといい」

私は殿下の言葉に唖然《あぜん》とした。

この人達は何を言っているのかしら？

まったく身に覚えの無い事で罵倒《ばとう》され続け、ただ黙って彼らの言い分を聞く事しか出来なかった。

サンドラはフレドリック殿下の後ろに隠れ、彼の腕にしがみ付いて子犬のように震えながら、私がやったと言う嫌がらせについて語り始めた。

「エレイン様からは、自分の身の丈に合った学校に転校しろ、目障りだからさっさと学園を辞めろと、周りに誰も居ない時を狙って何度も嫌味を言われていました」

何の話？　そんな事、言った覚えは無いわ。他の誰かと勘違いしているのではない？

「あとは、私がうっかり、机の上にあったエレイン様のインク壷《つぼ》を引っ掛けて床に落としてしまった時に、床にこぼれたインクをお前のスカートで拭《ぬぐ》えと命令されて、怖くて言う通りにしたんです。そしたら、それから何度も、わざと私のスカートにインクをこぼされました」

ちょっと待って、彼女嘘をついているわ。違うでしょう？　だってあれはあなたが……！

私が困惑して黙っていると、サンドラはチラリと殿下を見上げ、反応を確かめてさらに嘘を重ねた。

「それから、雨の日の翌日には、泥で汚れた床をその粗末なドレスで綺麗《きれい》になるまで磨くようにと言われて……床に這《は》いつくばって泥だらけになりながら掃除させられた事もあります」

「サンドラ、そのような生ぬるい嫌がらせだけではなかっただろう。お前の命を狙ったあの事件についても話してやるといい。この女がいかに性悪であるか、皆に知らしめるのだ」

殿下の口から物騒な言葉が聞こえ、私は次に何を言われるのかと思わず身構えた。

サンドラは周囲によく聞こえるように、今までより少し声のボリュームを上げ、殿下の促すままに言葉を続けた。

「エレイン様に汚された服の代わりにと、フレドリックがくれたドレスを着て登校した日の帰りに……暴漢に襲われました！　その時はエヴァンが一緒だったから助かりましたけど……私、本当に怖かった……！」

この最後の訴えで、会場内は一気に騒然となった。

そうして小刻みに震えながら被害を訴える姿は同情を誘うけれど、言っている内容はすべて嘘。

実際にサンドラの悪口を言ったのは他の令嬢達で、私は彼女達を窘めただけ。しかもサンドラに直接言ったのでは無く、彼女が殿下の所へ行っている間の陰口だったはずだ。きっと近くで聞いていた誰かが、彼女に告げ口したのだろう。

確かに陰口を言った令嬢達の気持ちも理解出来なくはない。そもそも平民の彼女が貴族の受ける授業内容に付いていけるわけもなく、試験もせずに入れたのがおかしいのだ。

わかりやすく言えば、初等科の生徒に無理やり高等科の授業を受けさせているようなもの。

平民が習うのは、初等科の一年生が習う程度の日常的な読み書きと、足し算、引き算くらいのもので、それ以上を勉強するには高額な授業料が必要なのだ。裕福な商家の子どもには通えても、サンドラのように子どものうちから働きに出なければならない家の子は、普通そのまますぐに社会に出て、大人になっていくものだ。

そもそもインク事件は、私がうっかり忘れていったインク壷を、サンドラが手に持っていた事が発端だった。

それは私が露店で気に入って買ったチープな模造品。本物ならば金貨五枚は下らないアンティークなのだが、彼女はそれを本物だと勘違いしていたのか、そのまま持ち去ろうとした。だが私が戻ってきた事に気づき、慌てて机に戻そうとして失敗。床に飛び散ったインクごとスカートの裾《すそ》で覆い隠して誤魔化《ごまか》そうとしたのだ。

私は別に構わなかったのに、彼女は平謝りして誰にも言わないでと懇願し、自分のスカートで床を拭《ふ》き始めた。私は驚いて掃除道具なら向こうにあると教えてあげたけれど、パニックになった彼女はそれを無視して最後までスカートで拭き続けたのだ。その状況を見かけた誰かが、私がやらせていると勘違いして殿下の耳に入れたのだろうか。

もしかしたらあれが始まりだったのかもしれない。私にやられたと殿下に泣き付けば、綺麗なドレスが手に入ると学習したのだろう。

あの頃の殿下はオドオドするサンドラを揶揄《からか》って、ただ面白がっているだけだと思っていた。それがいつの間にあれほどの情熱を向ける相手に変わっていたのだろうか。

あの翌日、質の良いドレスを身に着けて登校したサンドラを見た時は正直驚いたけれど、それを殿下が買い与えていたとは思わなかった。そんな事をせずとも、彼女には国から多額の支度金が渡されていたのだから、そのお金で学園に通うに相応しいドレスを何着も仕立てているはずなのだ。なのに、登校初日以外は普段通りの質素なドレスで通学していた。

あの時は他にも教室に残っていた人が数名居たはず。けれどこの調子では、真実を話したところで、この人達は信じてくれないだろう。

このまま誰も、何も言わないでほしい。王族とのゴタゴタに巻き込まれて、良い事なんて何も無いのだから。

私の友人である女生徒以外は、彼女の訴えを信じてしまったのか、眉根《まゆね》を寄せて私に軽蔑《けいべつ》の眼差しを向けていた。

そして、彼女の言うエヴァンというのは、王国騎士団の精鋭集団、フィンドレイ隊を率いる隊長の次男で、うちの父と彼の父は学生時代からの親友同士。

殿下との婚約が決定する前は、親同士の口約束ではあったけれど、彼が私の結婚相手となる予定だった。そして互いにその事を意識して、幼いながらも淡い恋心を抱いていた。

彼は父親と同じく騎士を目指す将来有望な少年で、サンドラが入学してくるまでは、私達はとても仲の良い幼馴染《おさななじ》みだったのに、気づけば彼は私を蔑むようになり、話しかければ睨まれて、理由もわからず、いつの間にか嫌われていた。

長い付き合いだというのに、好きな女性が出来るとこんなにも変わってしまうのかと、とても残念に思っている。

「誰に聞いたのか知りませんが、転校の話は私が言ったのではありません。それから、スカートで床を拭くようになんて言った覚えもないわ。サンドラさんはわかっているでしょう？　あなたの名誉の為に、あれは約束通り黙っていて差し上げますけど、嘘は良くないわ」

サンドラは私と目が合うと、ふてくされたようにスイッと視線を逸《そ》らした。

私はこのまま黙ってはいられないと思い、はっきりと彼女の訴えを否定して、後は幼馴染みのエヴァンに本当の事を話してもらおうと考えた。彼ならば、たとえ今私と仲たがいしている最中だとしても、相手が不利になるような嘘は決して言わない。

「それに、これだけは言わせていただきたいのだけれど、私、神に誓ってあなたに暴漢を差し向けたりなんてしていません。いつだってエヴァン様があなたの護衛代わりに付き従っているのだから、それが嘘か本当かは、彼が知っているでしょう？　エヴァン様、この方の言っている事は、事実ですか？　あなたは将来騎士となるお方。真実のみを語ってくれると信じております」

私は真剣な眼差しでエヴァンに語りかけた。そしていつまでも床に座ったまま無様な姿を晒《さら》し続ける訳にはいかないと思い、ゆっくりと立ち上がろうとした。

「っ……!?」

どうやら最初に突き飛ばされた時に足を捻《ひね》ったらしい。右足首に激痛が走る。

その間、サンドラはあざとくもエヴァンの袖《そで》をぎゅっと掴《つか》み、上目遣いに、男の庇護《ひご》欲をくすぐるような潤んだ不安げな瞳《ひとみ》を向けていた。

エヴァンはツカツカと前に出たかと思うと、まるで頭《ず》が高いとでもいうように、足の痛みでふらつく私を頭からグイと押さえつけ、大声で罵《ののし》った。

「暴漢に襲われたのは本当だ！　それも二度！　一度目はかなりの手練《てだ》れで取り逃がしてしまった

が、二度目の時は捕まえて、誰の差し金かと尋問した。男達はお前に頼まれたと自白したぞ。それにやつらの懐からは、お前の筆跡の指示書と前金が出てきた。だからもう言い逃れは出来ない！」

私は右足首の激痛に思わず顔を歪《ゆが》め、耐え切れずぺしゃりと床に頽れた。

その時足を庇《かば》おうとしておかしな体勢になり、片手をついたが間に合わず、膝《ひざ》を打ったその衝撃は、無情にも痛めた足首に直接響いた。周りに誰も居なければ、大声で叫びたいほどの激痛に襲われて、それでも私は奥歯を噛《か》んでそれに耐えた。

額からは、一気に脂汗がにじむ。

彼が頭を押さえつけたせいで、綺麗にまとめてあった髪は乱れてボサボサになり、横に流して留めてあった前髪は、ハラリと垂れて顔にかかった。悔しいが、そのお陰で周囲の人には苦痛に歪む表情を見られずに済んだ。まずは呼吸を整えて、精一杯平気なふりをして彼に問う。

「あの……何を言っているの？」

「……お前は普段、品行方正なふりをして、裏ではか弱い女性に男を差し向けるような、卑劣な女に成り下がったのだな。長年友だと思ってきたが、あれには心底がっかりしたぞ」

エヴァンはそう言って眉間《みけん》にシワを寄せ、深いため息を吐《つ》いた。私に失望したのだと、その目は雄弁に語っていた。

「なぜあんな事をした？　そんなに殿下を取られて悔しいのなら、彼女に当たるのではなく、殿下に直接言えば良い！」

怒気をはらんだその声が、一瞬にして私の心を凍りつかせた。絶対に味方になってくれると信じた相手は、今や完全にあちら側の人間になっていた。

それにもし今聞いた話が本当ならば、誰かがサンドラを邪魔に思い、刺客を放ったという事になる。あなたは本気で、私がそんな恐ろしい事をしたと思っているの？　あなたと私は、幼い頃からの友人でしょう？　性格だってよく知っているはずなのに、私よりも、知り合って間もない彼女の方を信じるの？

「こんな風に責め立てられても、何の事か……」

「罪を認めろ、エレイン。お前は俺が捕まえたあの男達を逃がしただろう？　俺が警備兵を呼びに行っている間に、犯人を縛っていたロープを解いて、閉じ込めていた部屋から男達と一緒に逃げるお前を見たと、サンドラが言っている」

何なのこれ？　頭の中がふわふわして、まるで現実味が無い。なんだか悪い夢でもみている気分だ。しかし、刺すように走る足の痛みが、かろうじて私を現実に引き戻した。

久しぶりに間近に見るエヴァンは、私を冷たく見下ろして、普段他人の前ではあまり感情を表に出さない彼らしくもなく、人前で怒りを露《あらわ》にした。どんなに違うと言っても、私の言葉は彼には届かない。悲しくて、いっそ泣いてしまいたかった。

「それはいつの話なの？　私が関わっていない事を証明するわ」

それを聞いたフレドリック殿下は、側《そば》に居た誰かのグラスを奪い、怒りに任せて私に向けて投げつけてきた。

「往生際の悪い奴だ！　ちゃんと証拠が残っているし、お前が犯人と共に逃げる姿をサンドラが見たと言っているだろう！」

入っていた飲み物は投げた段階でその殆《ほとん》どが床に散ったが、私の前にいたエヴァンの背中にも降り掛かり、グラスは私の肩に当たると割れずにコロンと転がって、僅《わず》かに残った液体は、胸からスカートにかけて点々と赤いシミを作った。

エヴァンは一瞬表情を変え、心配そうに私を見たけれど、物を投げつけられたショックで怯《おび》える私と目が合うと、それ以上目が合わないように、グッと手に力を込めた。そして私の額を床に近づけ、顔を上げさせてはくれなかった。

エヴァン……私の言葉、聞こえてないの？　まさかあなたがこんな事までするなんて。

いくら身に覚えがないと言っても、この人達は一切信じるつもりはないらしい。私の言葉は友には届かず、絶望感に見舞われた。

目の前が暗くなるってこういう事を言うのね。あなたを親友だと思っていたのに、私は知らぬ間にそんな恐ろしい罪を着せられていただなんて。

正義感の強いあなたは、より弱い立場の者を守ろうとする。

私はあなた達の物語の中では、差し詰めヒロインをいじめる悪役令嬢というところかしら？

だったら今の私のこの姿は、あなたにどう映っているの？　女性を力でねじ伏せるだなんて、騎士道精神にもとる行為でしょう？

感情の波が押し寄せ、喉《のど》の奥がぎゅっと苦しくなる。涙は見せまいと我慢しているけれど、その我慢も限界を超え、床を睨《にら》みつけていた私の目からは、数滴のしずくがポタリ、ポタリとこぼれ落ちた。

「エレイン様、大丈夫ですか？」

エヴァンに押さえつけられた私に駆け寄り、心配そうに顔を覗《のぞ》き込むのは、殿下の側近候補であり、私の友人でもあるヒューバート。

王宮筆頭魔道師の長男である彼は、あの中にいて、唯一サンドラに傾倒しておらず、中立の立場で私との付き合いを続けている。

そのせいで、サンドラ信者からは不興を買っているけれど、彼は至極まともな考えの持ち主というだけ。私という婚約者がありながら、サンドラとの仲を深めていった殿下に苦言を呈した事もあり、それを聞こうともしない殿下に呆《あき》れた彼は、自分を側近候補から外してほしいと願い出ていた。

先ほどから、成り行きを見守るように一歩下がってこの様子を見ていた彼も、さすがに黙って見ていられなくなったようだ。

私の頭を押さえつけるエヴァンの手を払い、彼の大きな身体《からだ》を押しのけて、私との間に入ってくれた。

「今、私に声をかけてはダメです。向こうに戻ってください、ヒューバート様。このまま行けば王太子殿下の側近になるのに、あなたの立場が悪くなってしまうわ」

エヴァンに睨まれたヒューバートは、それでも私に手を貸して、立ち上がらせてくれた。

しかし先ほどエヴァンの力で押さえつけられたせいで、かなり負荷のかかった右足首は痛みを増し、立っていられない程の激痛に見舞われた。

「っ……‼　ヒューバート様、ありがとうございます。もう私から離れてください……あなたを巻き込みたくありません……」

ヒューバートは私に軽く押されて一歩下がったが、そこから動かなかった。エヴァンとの間に立って、心配そうに私を見ている。

お願いだから、向こうへ行って……。

痛みでクラリと眩暈《めまい》がした。それでも気丈にこの場をやり過ごさなければと自分を鼓舞し、額に脂汗を滲《にじ》ませながらも、背筋を伸ばしてフレドリック殿下と向き合った。

「ふん、いじめの事実を暴露されて青ざめているようだが、そうしてフラフラと立っていると、他のやつらが言うように、本当に幽霊のようだな。透けて向こうが見えそうではないか」

この国では、黒髪に焦げ茶の瞳で、彫りの深いハッキリした顔立ちの人が多い。

中にはエヴァンのようにダークブロンドの者やヒューバートのような金髪も居るには居るが、全体の半数以上は黒髪なのだ。

特に貴族は黒髪へのこだわりが強く、過去、戦に勝利して広げた領土から流れてきた民の多くが金髪や薄茶の髪である事から、それを蔑《さげす》む傾向にある。王族は国力を上げる為に他国から花嫁を迎え、過去何度か金髪の国王が出た事もあるが、それでも貴族達の差別意識は変わらなかった。

そして殿下が夢中のサンドラは、豊かに波打つ黒髪と、バサバサと音がしそうなほど濃い睫毛《まつげ》に縁取られた大きな焦げ茶の瞳が印象的な美人で、対して私の方は、隣国の姫である母のダークブロンドでも、父の黒髪でもなく、なぜか母方の曾祖母《そうそぼ》のプラチナブロンドを受け継いで、肌も透けるように白く、さらには珍しい藍色《あいいろ》の瞳も曾祖母から遺伝していた。

つまり、私は両親ではなく、母方の曾祖母の容姿を受け継いだ事になる。曾祖母は遥《はる》か遠くの、今は滅びてしまった小国からアルフォードに嫁いだ歩く宝石とまで言われた美姫だけれど、美の基準が違う彼らにとって、その価値は無いに等しかった。

だから全体に色の薄い私は、滅びた国の亡霊だとか、幽霊だとか、さすがに直接聞いた事は無かったけれど、貴族男性の間では、陰でそう呼ばれているらしかった。

容姿が地味で目立たないかと言われれば、プラチナブロンドは確実に周囲から浮いているけれど、顔の濃さで言うと、地味と言われても仕方が無い。

髪と同じプラチナブロンドの眉《まゆ》と睫毛はキラキラ光って、パッと見は何も無いようにも見えるし、全体に白っぽい中、大きな藍色の瞳だけがクッキリ見えるのが不自然に見られる原因かもしれない。

ただし、殿下の言った地味で目立たないとはこの見た目の事ばかりではない。

古い考えの父方の祖父の教えで、女は決して出しゃばらず、男より前に出るなと言われて育っている。祖父に厳しくしつけられた私は、婚約してからは特に裏方に徹する事を心がけ、いつだって陰となり殿下を支え、清楚《せいそ》で控えめな装いで彼をサポートする事だけを考えて行動してきたのだ。

華やかな装いで派手に自己主張するサンドラと比べられてしまっては、そうですねと言うしかない。

華やかさを求められればそれに応える事も出来たのに、厳格な祖父は化粧をして着飾る女性を好まず、一般的に化粧は成人女性の嗜《たしな》みであるにもかかわらず、私は禁止されているのだ。

でもせめて、パーティーの時くらいは華やかにお化粧させてほしかった。

この冬社交界デビューを控えた私の為に、母方の祖母が去年、練習用にとアルフォードの最新メイク道具一式をプレゼントしてくれたというのに、友人達がお化粧をして花のように輝いている中、私は今回も素顔のままでパーティーに参加している。

ああもう、足の痛みで気が遠くなる。今は目の前の敵……いや、婚約者とその仲間達をどうにかしなければ。

フレドリック殿下はサンドラの細腰を抱き寄せ、寄り添って二人で私に蔑んだ視線を向けてきた。

サンドラは自分が平民である事を忘れたのだろうか。公爵令嬢を公然と下に見て罵るとは、普通であれば即刻死罪に値する行為だ。王子や取り巻き達と行動を共にするうちに、自分も同格だと勘違いしてしまったのか。一年前突然聖女だと言われて学園に放り込まれた時は、しばらくの間はオドオドしてて初々しかったのに、彼女は王子に見初められ、気づけばこんなにも尊大な態度をとるようになっていた。

「殿下はその方をどうなさるおつもりですか？　もしかしたら聖女かもしれないと……いえ、殿下は彼女を聖女だと信じているのですよね。でしたら聖女の条件をお忘れなのでは？　乙女である事が必須《ひっす》だとされているのに、結婚など到底無理だと思います。それにこのような事を言いたくはありませんが、身分的に妻にする事は難しいかと存じます。隠れて彼女との付き合いを続けるにしても、それは陛下がゆるさ……」

「何だと？　結婚前から愛人を持つ事を勧めるとは何とはしたない娘だ！　愛人など生涯持たぬ。彼女が聖女かどうかなど関係ない！　私はサンドラを王妃に迎えると決めたのだ！」

「……では、私という後ろ盾を無くし、殿下は王太子の座を放棄なさるという事でよろしいのですね？　これだけ証人がいる前で宣言なさったのです、もう後戻りは出来ませんわ」

フレドリック殿下は一瞬驚いた顔をしたが、眉間にシワを寄せ、不快な表情を見せた。サンドラを「妻にする」ではなく「王妃にする」と言った事から、後ろ盾を無くしても王太子のままでいられると思っていたようだ。

「当然だ。お前の家の力で王太子になれたところで、嬉《うれ》しくも何とも無かったからな。そんなもの、兄上に返してやるさ。私が平民になったとしても構わないと、愛しいサンドラは言ってくれた。私を王位につかせたがっていた叔父上には悪いが、国王になるよりも大切なものが出来たのだ。今の地位を無くしたとしても、私は真実の愛を貫き通す！」

私が言った事までは考えていなかったのか、いかにも強がりとわかる言葉を並べて反論するが、隣で楚々《そそ》とした表情で寄り添っていたサンドラは、フレドリック殿下の言葉を聞いて一気にその表情を曇らせた。

「え？　ちょっと待ってフレドリック。もしも平民に落ちたとしても、私と共に歩んでくれるか？って……あれは私の愛の強さを量る為の、ただの例え話でしょ？　まさか本気？」

サンドラは困惑した表情でフレドリック殿下に詰め寄った。こんな筈《はず》じゃなかったとでも言いたそうだ。

「いいや、聖女であるお前との結婚を考えれば、父の怒りを買い、王籍を外されて、私の身分は平民に落とされるだろう。私はそれでもお前を選ぶ。私の身分など関係無いと言ってくれたではないか。あれは嘘だったのか？」

サンドラは黙って俯《うつむ》いてしまった。そして次に彼女が顔を上げた時には、見事にこぼれ落ちそうな涙を浮かべた悲しげな表情が出来上がっていた。

「そんな……。フレドリックを愛する気持ちは、もちろん死ぬまで変わらないわ。でもダメよ。これは辛い選択だけど、あなたは不満だとしても、エレイン様と結婚した方が良いわ。そして立派な国王様になってください。私は聖女としての務めを果たし、いつかあなたが迎えに来てくれるのを信じて待っているから」

上目遣いで殿下にそう言ったサンドラは、今度は私に視線を向けた。

「まさか、私達の純粋な愛を貫く事が、そんな大事になるだなんて思わなかったの。ごめんなさい、エレイン様。私は日陰の身で十分ですから、どうか彼と結婚して、支えになってあげてください」

え？　ここまでくると驚きを通り越して恐怖すら感じる。

彼女は今、自分は別れるつもりは無いと宣言した上で、私に形ばかりの妻として、王子の後ろ盾になれと言った。しかも彼女は本気で自分を聖女だと思っている様子。これは相当自分達の境遇に酔ってしまっているようだ。

身分違いの恋をした結婚を許されない聖女と王子であり、ライバルは意地悪な公爵令嬢。更に極めつけは命まで狙われた。こんなもの、嫌でも気持ちが盛り上がる。

「何を仰っているのですか？　そんな都合の良い話はございません。これだけの人達が、今のやり取りを見ていたのですよ。私は公衆の面前で罵倒《ばとう》され、覚えの無い罪を着せられたあげく、王太子殿下に婚約破棄を言い渡されたのです。家名に泥を塗った娘として、この先は修道院に入れられるか、家を追い出されるかのどちらかとなるでしょう」

そこまでをサンドラに伝え、今度はフレドリック殿下に目を向ける。

「殿下。そんなに私との結婚が嫌ならば、密かに婚約を無効にしてほしいと父に申し出てくだされば良かったのです」

「おい、随分な物言いだな。サンドラは譲歩すると言ってくれたのだぞ。王妃の座はお前に譲り、自分は日陰の身でも良いと。これほど健気な娘に、お前はなんと冷たい事を言うのだ。やはり、お前となど、形だけでも結婚したくない。目障りだ！　今すぐ学園から出て行くがいい！　学園長、私の権限でこの女を退学処分にせよ！」

……ここまで話が通じないというのも、いっそ清々《すがすが》しい。私は激高する殿下を無視して、不快な思いをさせてしまった会場内の人達にお別れの挨拶《あいさつ》をした。

「皆様、お見苦しいものをお見せして申し訳ございませんでした。パーティーの続きをお楽しみください。では、ごきげんよう」

「やだ……ダメよ待ってエレイン様！　このまま婚約者を見捨てるつもりなの？」

サンドラは必死の形相で私を引き止めた。

しかし周囲にいた教員達はこの事態にただオロオロとするばかり。

一礼した後すぐにでもこの場を離れたくて、ひょこひょこと片足を引きずって出て行こうとする私を、大人達は助けも引き止めもしなかった。

王太子と大貴族の娘との争いに割って入れるだけの地位の者は、残念ながら今この場には存在しなかった。

私の後ろで見守ってくれていた令嬢達は、道をあけながら心配そうにこちらを見ていたが、声をかけるなと視線で制してドアの前まで行くと、ちょうどそこに立っていた青年が気を利かせてドアを開けてくれた。それに対し、優雅に見えるよう精一杯の微笑を返して会場を後にした。

何とか倒れずにパーティー会場を出る事は出来たが、ズキズキと痛む足はとうに限界を超えていた。暑くもないのに額からは汗が流れ落ち、奥歯はギリッと音を立てた。壁伝いに慎重に前に進もうとするが、少しでも右足を床に着ければ息が止まるほどの激痛が走る。今日履いてきた靴が、いつもより高いヒールである事がさらに歩行を困難なものにさせていた。

「これもう絶対骨が折れてる……！　エヴァンの馬鹿力で押さえ込まれた時のあの衝撃は普通じゃなかったもの」

はしたないと思いながらも、ドレスの裾《すそ》を捲《まく》って足を見てみる。すると靴下の上から見てもわかるほど右足首は見事に腫《は》れ上がっていた。加えてエヴァンの手で押さえつけられた時、床に頽れて膝《ひざ》を強《したた》か打ちつけてしまっていた。さすがに裾を膝まで捲り上げる事はしないが、恐らく青痣《あざ》になっているはずだ。

今すぐ家に帰りたいのに、振り返れば先ほど出て来たドアの前から、まだ三メートルしか進んでいない。この広い玄関ホールを抜けて外に出てしまえば、一番近い場所でうちの馬車が待っているはずだ。

悲しい事に、婚約者がいるにも関わらずエスコートしてもらえなかった私は、自分の家の馬車に乗って一人でパーティー会場まで来たのだ。女性一人で会場入りするなど、貴族令嬢としてこんなに恥ずかしい事はない。同時刻に到着した数組のカップル達が、気を利かせて一緒に会場入りしてくれた事には心から感謝した。

殿下も、せめてこれくらいの気遣いが出来る方なら、隠れてサンドラとの付き合いを続けたとしても、黙って目を瞑《つぶ》ったものを。サンドラを喜ばせるために人前で婚約破棄をするなんて、馬鹿正直にも程がある。彼女への愛の強さを示したかったにせよ、後先考えず愚かな行動をとるからいけないのだ。

外へ繋《つな》がる扉までどうやって移動しようかと考えて、顔を上げそちらに視線をやると、第一王子ウィルフレッド殿下が国王の代理で創立記念パーティーに出席する為、ちょうど玄関ホールに入ってきた。

彼とはあまり面識はないが、第二王子フレドリック殿下との婚約成立の時に、父と一緒に王宮まで挨拶をしに行き、そこで初めて顔を合わせる事になった。その後はどこかのパーティーで数回鉢合わせしたが、ウィルフレッド殿下は皆とにこやかに歓談する中、私とだけ視線を合わせず、声もかけてはくれなかった。

母に聞いた話では、私には第一王子との縁談もあったらしい。彼は側室が産んだ子どもの為、第一子であっても家臣たちに軽んじられている。それでも優秀な長男を王太子にする考えだった国王陛下は、彼に揺るぎ無い権力を持たせようと、この国で年齢のつり合う令嬢の中から、隣国アルフォードの王を祖父に持つ私を妻にと決めていたそうだ。

それが、王妃の子を第一と考える王弟殿下からの横槍《よこやり》が入り、あのフレドリック殿下と無理やり婚約する羽目になってしまった。

あの頃の私はエヴァンの事だけではなく、単純に王妃になどなりたくなくて断っていたのだけれど、父と祖父が渋っていた理由の一つは多分そこにあったのだ。

その他にも私には隣国から数々の縁談が来ていた。アルフォードの従兄弟《いとこ》や重臣の子息など、私にとってはどれも良い話ばかりだった。

エヴァンと結婚する事が一番理想的な未来だったけれど、アルフォードに嫁ぐ事が出来れば、私は容姿の事で陰口を叩《たた》かれる事など絶対に無かったのに。

これだけ相手がいたにも関わらず、なぜ一番の貧乏くじを引く事になってしまったのだろうか。


第一王子ウィルフレッド殿下は、そもそも私の容姿を好まないのか、弟の婚約者である事が気に入らないのか、理由はどうであれ、わかりやすく避けられている……はずだった。

しかし彼は玄関ホールに足を踏み入れるなり、私のこの状況を見て、心配そうな顔をして足早に近付いて来たのだ。

「どうしたのだ、ラナ。顔色が悪いぞ。具合が悪いのか?」

ドキッとした。

まさかこの人からその名で呼ばれるとは思わなくて、かなり動揺してしまった。

この国ではミドルネームを持つ人は少ない。私のミドルネームは隣国アルフォードの風習から、おじい様が付けてくださったもので、おじい様のお母様、つまり私の曾祖母《そうそぼ》の名をいただいたのだ。アルフォード国内では親しい間柄でなければその名を呼ぶ事は許されない。例外としては親友などの気心の知れた相手に許す場合もあるが、もちろんその中にこの人は含まれていない。

周囲の人達は私にミドルネームがある事すら知らず、エレイン・ノリスとして認識している。そういえば今日初めてフレドリック殿下にフルネームを呼ばれたのだった。今まで一度だってその名を呼んだ事は無かったくせに、よく覚えていたものだと思う。

この国ではそんな風習に意味は無いのだけど、それでも家族以外の人にそう呼ばれると、まるで親密な関係にでもなったかのように錯覚してしまう。

そもそも公表もしていない名前なのに、どうしてこの人は知っているのだろうか？　私の父や兄が呼んでいるのを耳にした可能性もあるけれど、あえてそちらで呼ぶ意味がわからない。

「殿下、私の名はエレインでございます。どなたかとお間違えではありませんか？」

「ん？　ああ、わかっている。だが今はそんな事を気にする余裕はないだろう。さぁ、俺に掴《つか》まれ」

ウィルフレッド殿下は私に手を貸そうとするけれど、もう自力では歩けない程痛みが増していた。たとえ掴まらせてもらったところで、一歩も前に進めそうにない。出来る事ならこの場に座ってしまいたいとさえ思っているのに。

私が黙って俯いていると、彼は仕方が無いなと軽く息を吐き、顔を覗《のぞ》き込んできた。

「歩けないのか？　では、こうする事を許せよ？」

「ひゃ……で、殿下、おやめください！」

私の体は羽にでもなったかのように、ふわりとウィルフレッド殿下の腕に抱き上げられた。

男性とここまで密着したのは父以外で初めての事だった。パーティーではダンスもしたけれど、いつだって互いの間に拳《こぶし》一つ分以上の隙間があった。それに私の相手をしてくれたのは婚約者だったフレドリック殿下とその側近のみ。しかしそれもこの一年は、私の居たその場所にサンドラが収まっていたので、男性と触れ合ったのはほとんど一年ぶりなのだ。

「降ろしてください。こんな所を誰かに見られたりしたら、殿下が何と言われてしまうか……。あの、お手数ですが、殿下の従者の方、外にうちの馬車が待機していますので、中で待っている私の従者をこちらに遣《よこ》していただきたいのです……で、殿下、いけません、殿下！」

ウィルフレッド殿下はスタスタと歩き、大きな玄関ドアを従者に開けさせて、目の前に停めてある王家の馬車に私を乗せた。まるで壊れ物を扱うように、優しくそっと座席に座らせられたのだが、ほんの少し右足がどこかに触れてしまい、私は声にならない声で叫んだ。

「いっ――‼」

尋常でない脂汗とこの反応で、どこかに酷い怪我《けが》をしていると気が付いたウィルフレッド殿下は、服の上から私の全身を確認した。

「おい、怪我をしているのか？　どこだ？　すぐに治してやる」

私は歯を食いしばって痛みに耐えるのが精一杯で、それに答える余裕は無かった。代わりに足首辺りを指差して、そっとドレスの裾を持ち上げた。

「足か？　今は緊急事態だ、悪いが見せてもらうぞ」

そう言ってウィルフレッド殿下は私の前に跪《ひざまず》き、スカートの裾を膝の下あたりまで捲《まく》って患部を見た。するとすぐ、彼がヒュっと息を呑《の》むのがわかった。思った以上に酷い状態で驚いているようだ。

「服の汚れ方からして飲み物をこぼしたようだが、誰かとぶつかって転んだのか？　それにしてもこれは酷い。ただの捻挫《ねんざ》なら良いが、骨折もあり得る。なぜ一緒にいたフレドリックに言わなかった？　この状態で一人で帰ろうとするなんて無茶な事をして……相当痛かっただろう」

私が何も答えないでいると、殿下は従者に目配せしてパーティー会場に向かわせた。到着が遅れると知らせに行ったのだろう。何にしても、迷惑を掛けてしまった事を謝らなければと思い、顔を上げ、殿下の顔を見た。

よく考えれば、こんなに近くで顔を見たのは初めてだった。黒髪に青紫の瞳《ひとみ》。殿下の母君であるご側室のレイラ様は、優しいミルクティー色の髪に青紫の瞳だと聞いた事がある。目の色が吸い込まれそうな程綺麗《きれい》で、思わず見入ってしまっていた。

でも、この瞳、どこかで見た事がある……？

「靴下を脱ぎなさい、治癒魔法をかけてやるから。このままでは歩けないだろう？」

「あ、え？　でも、ここでは無理です。スカートの下のベルトを取らなくてはならないので……」

いわゆるガーターベルトと言われる物に、ニーハイソックスを留めてあるのだ。スカートをかなり捲らなければ外す事は出来ない。

「わかった。俺が外に出ている間に、右足だけ脱いでおけ」

「あ、あの……」

ウィルフレッド殿下は馬車を降り、小窓にカーテンをかけてドアを閉じた。

本当にこんな所で靴下を脱げと言うの？　でも、治癒魔法をかけてもらえる機会はそう無い事だし、お願いしてしまおうかしら。

「殿下、絶対にドアを開けないでくださいね」

「当たり前だ。済んだら声をかけなさい」

私はドキドキしながらも、エイッと思い切ってスカートを捲り上げ、太ももまで露にした。右足だけと言われたけれど、どうせなので左右どちらも脱ぐ事にした。

すると、やはり思った通り。打ち付けた膝が酷い青痣になっていた。見てしまうと更に痛く感じる。左足は簡単に脱ぐ事が出来たが、右足は痛くて自分で脱ぐのは無理だった。足首まで下げてくしゅっと溜《た》まった状態で諦《あきら》め、スカートを整えて外にいる殿下に声をかけた。

「殿下、どうぞ。もう入って大丈夫です」

ウィルフレッド殿下はドアを開け、また先ほど居た位置に戻り跪いた。

裾を持ち上げ、足元を見た後、チラッと私の顔を見る。

「一人では脱げなかったのか？」

「とても痛くて……」

「俺が脱がせても？」

「はい……。こんな事を殿下にさせてしまって、申し訳ありません」

ウィルフレッド殿下は右足を軽く持ち上げ、つま先からゆっくりと丁寧に靴下を引き抜き始めた。

するとその時馬車の外から、ヒューバートの声が聞こえた。彼は慌てた様子で、どうやら私を捜しているようだった。

ノリス公爵家の馬車の方へ行き、主は会場を出てどこへ行ったのかと御者に尋ねている。私が乗っている王家の馬車の扉は開いたままなのに、彼は気づかず一度素通りして行ったのだ。まさかこれに乗っているとは思わなかったらしい。

戻ってきて辺りをキョロキョロ確認しながら歩き、この馬車の中をチラリと覗き込んだ。ヒューバートはありえない場所にいる私を見て立ち止まり、眉《まゆ》をひそめる。

「エレイン様、なぜそんな所に……？　ウィルフレッド殿下、これはどういう事でしょうか。この方が誰なのか、ご存じのはず。弟君の婚約者をこのような狭い場所に連れ込んで、一体何をしているのですか」

ヒューバートは怪訝《けげん》な表情でウィルフレッド殿下に詰め寄った。確かにちょっと状況が悪い。足の治療のためとはいえ、王子が足元に跪いて恭しく私の足を持ち、靴下を脱がせているのだから。

それにしても、先ほどのあれがあったにも関わらず、フレドリック殿下の婚約者である事をここで持ち出すとは。確かに、まだ正式に手続きはしていないのだから間違ってはいないのだけれど、何となくモヤっとしてしまう。

「どういう事かはこちらが聞きたいのだが？　なぜ彼女は怪我をしている？　この状態なのに一人で帰ろうとしていたぞ」

ヒューバートはウィルフレッド殿下が持つ私の右足に視線を移し、目を見張った。時間が経《た》って益々腫《は》れが酷くなったようだ。彼は私を見て顔をこわばらせた。

「エ、エレイン様、いつからですか？　まさか、殿下に突き飛ばされた時に？」

私はコクリと頷《うなず》いて答えた。

「なぜあの時すぐに言わなかったのです！　知らずに無理に立ち上がらせてしまったではありませんか。歩き方がおかしかったので、エヴァンに押さえ付けられた時にどこかを痛めてしまったのではないかと気になって追いかけて来たのです。早く治癒魔法をかけましょう。どうか私にお任せください。これはなんと痛々しい……」

ヒューバートの今の言葉を聞いて、ウィルフレッド殿下は首を傾げた。

「おい待て、今何て言った？　フレドリックが彼女を突き飛ばしたのか？　女性を、それも自分の婚約者を突き飛ばすとは何事だ！　お前が側に付いていながら止める事も出来なかったのか？　ヒューバート、俺が来る前に何があったのか説明せよ！」

ヒューバートは困った顔をして私とウィルフレッド殿下を交互に見て、パーティーで何があったのか説明しようとした。

しかし、彼が言葉を発すると同時に、先ほどウィルフレッド殿下がパーティー会場に向かわせた従者が、学園専属の医師を連れて戻ってきた。従者と医師の尋常でない慌てようから、何かあったのだという事が伝わってくる。

「殿下！　大変でございます。中は創立記念パーティーどころではございません。至急王宮に戻りましょう。陛下にご報告して、フレドリック殿下には厳罰を与えていただきたく思います！」

「ヴィレム、あの中で何が起きているのか話せ」

ウィルフレッド殿下はパーティー会場となっている建物を睨《にら》みつけ、従者に説明させた。

「は！　フレドリック殿下は会場内でエレイン様を突き飛ばし、公衆の面前で婚約破棄すると宣言なさったそうです。今見たところ、傍らには例の偽聖女が寄り添っていました。さらに呆《あき》れた事に、あの女性と結婚すると公言したそうです」

なんと驚いた事に、このヴィレムという従者はサンドラの事を偽聖女と呼んだ。疑いの声をあげる者はいても、本物が現れるまでは彼女を偽物だとは言いきれず、大っぴらにそう呼ぶ者はいない。

ウィルフレッド殿下は目を細め、ヒューバートを睨み付けると、そのまま視線を逸《そ》らさずにヴィレムに続きを話すよう言った。

「で、他にも何かあるのか？」

ヴィレムは一度ヒューバートに冷ややかな視線を向けて、主に促されるままに報告を続けた。

彼の報告によると、今、あの会場内ではフレドリック殿下とサンドラとで私を悪者にし、婚約破棄もやむなしという雰囲気にしようと演説じみた事をしており、その上で、慈悲深い自分たちはエレインを許し、王妃に据えてやるなどと滅茶苦茶な事を言っていたのだそう。

あの二人の訴えを素直に信じる者も多く、それでも、あの場にいた女生徒達は私の味方をしてくれていたというのだ。

「エレイン様は大変人望の厚いお方なのですね。あの混乱した中で、あなたを心配する声があちこちから聞こえておりましたよ」

ウィルフレッド殿下は奥歯をギリッと鳴らし、突然馬車を飛び出してヒューバートの胸ぐらを掴んだ。そして足が浮きそうなほど持ち上げて、彼の耳元で何かを低く囁《ささや》き、力任せに地面に投げ付けた。

ヒューバートは自身の不甲斐《ふがい》なさを恥じてか、あえて受け身も取らずに殿下の怒りを受け入れる。

倒れた彼からはゴッと鈍い音がしたが、ふらつきながらも立ち上がり、ウィルフレッド殿下の方へ向き直った。それから改めて殿下の前に跪き、忠誠を誓う騎士のように胸に手を当てる。ヒューバートは右の額から頬にかけて擦り傷が出来ており、目の辺りも強く打ったのか右目が開けずにいた。

「殿下！　申し訳ございません。私の力が及ばずに、このような事態に」

「お前はあいつの側に居て、何も手を打たなかったのか？」

ウィルフレッド殿下の問いかけに、ヒューバートは真摯《しんし》に答えた。

「フレドリック殿下はサンドラを聖女だと信じて傾倒してしまったのです。偽物疑惑が出ても既に彼女の虜《とりこ》になっていて、私の助言など耳に届きませんでした！」

フレドリック殿下は取り巻き達の前で、王太子を降りてでもサンドラと添い遂げたいと話していて、その想いの強さに同情したのか、最近では周りの者達も二人を応援するような風潮になっていたそうだ。

それが更にサンドラを増長させる結果に繋《つな》がり、彼女はエレインから嫌がらせを受けたと言って自分で汚した服を殿下に見せ、何着も新しいドレスを買わせていたのだとヒューバートは言う。

「私は、エレイン様は何一つ関与していないと思っております。ですがこれを機に、このままフレドリック殿下には王太子を降りていただこうなどと、浅はかな考えを持ってしまいました。まさか、ここまで愚かな行動に出るとは予想もしなかったのです。エレイン様のお立場を考えもせず、今回の件を利用するような考えを持ってしまい、大変申し訳ございませんでした！」

ガタガタと震えながらウィルフレッド殿下に謝罪するが、冷たく見下ろされるだけだった。

「お前が謝る相手は俺ではない。彼女だ。ヒューバート、お前は今すぐ会場に戻ってフレドリックと仲間の馬鹿者達を王宮に連れて来い。我が叔父上の力であいつに取られてしまったが、元は俺の側近だ。俺への忠誠が変わらないというところを見せてみよ」

「承知しました。我が主は今も変わらずウィルフレッド殿下でございます。……エレイン様、今お聞きになった通りです。本当に、心から謝罪致します。申し訳ありませんでした……！」

ヒューバートは胸の前で両手をクロスさせ頭を下げた。そしてふらつきながらも立ち上がり、会場に向けて歩き始めた。

それを見届けたウィルフレッド殿下は、気まずそうに指示を待っていた医師に私の足を診せた。

診断結果は、完全に折れているわけでは無いが、骨に亀裂が入っている可能性が高い、だった。曖昧《あいまい》なのは診断に必要な道具が手元に無いからであるが、殿下はそれで診断書を書くよう指示した。

「では治癒をかけるぞ。この他に痛めたところは無いのか？」

彼はそう言って着ていた上着を脱いで私に着せてくれた。汚れた部分が隠れるようにきっちり前を閉じ、私の前に跪《ひざまず》くと、スカートを遠慮無く捲《まく》り、患部に治癒魔法をかけ始めた。ズキンズキンと痛んでいた足首がぽっと温かくなり、痛みは徐々に無くなっていった。

「よくこの状態で歩いたな、大したものだ」

この時代に治癒魔法を使える者は希少で、残念ながら第二王子フレドリックには使えなかった。これだけでもいかに第一王子ウィルフレッドの方が優秀であるか窺《うかが》い知《し》る事が出来る。

ほんの数日違いで生まれた二人の王子は、別々の学校に通っている。勉学でも剣の腕前でも第一王子の方が秀でていた為に、王太子である弟の方が見劣りしてしまう事を恐れ、同じ学校には通わせてもらえなかったのだ。

そんな感じで私とも学校が別で特に親しいわけでもない王子から、他に痛めたところは無いかと聞かれても、図々しく実は膝《ひざ》も痛いですとは言えなかった。

治癒魔法は一度使うだけでかなり体力を消耗すると本で読んだ事があるのに、これ以上甘えてはいけないと思ったのだ。

「……ヒューバート様はウィルフレッド殿下の元側近だったのですね。あの方達の中にいて、彼だけは私の味方になってくれていました。ですから、どうか彼の事を許してあげてください」

「お前は……あいつの事よりも自分の心配をしたらどうだ？　まったく、呆れる程のお人好しだな。それはそうと、なぜ今、話を逸らした？　さては、まだ他にも怪我をしているな。素直に言え。俺が一緒に居るうちに治した方が後が楽だぞ？」

殿下が親切心から言っているのはわかっているけれど、殿下のお体が心配だし、膝を晒《さら》すのもちょっと抵抗がある。でも正直に言えば、逆に殿下の方が怯《ひる》むかもしれない。まさか、スカートを膝上まで捲ったりしないだろう。そう思って、素直に言ってみた。

「あの、膝が痛いです……」

ほら、やっぱり。膝と聞いて殿下は目を泳がせた。でも、もう歩けるようにしていただいた事だし、ここは御礼を言って早急に帰らせていただこう。

「殿下、ご親切にしていただき……」

「よしわかった、膝だな。少々不快かもしれんが、騒ぐなよ」

ウィルフレッド殿下は何を思ったのか、スカートを捲り上げるのではなく、両手をスカートの裾《すそ》から滑り込ませた。

患部に直接触れないと治癒魔法がかけられないのは知っているが、その手はふくらはぎを撫《な》でるように伝い、膝小僧を大きな手の平で包み込んだ。

私はまさかという思いで反射的に叫んでいた。

「いやっ、エッチ！　何するんですか！」

「黙っていろ。もう終わる」

治癒魔法をかけられポッと膝が温かく感じたと思えば、殿下は両手をスッと引き抜き、私の顔を不思議そうに見た。

「ところで、エッチとはどんな意味だ？」

「あ……」

私は思わず口から出た言葉を必死にごまかした。

「別に、意味はありません。驚いて咄嗟《とっさ》に出てしまっただけです。それよりも、魔法をかけて治していただいた事には大変感謝しますが、スカートに手を入れるだなんて、非常識です」

「では、太ももが見えるほど裾を捲り上げた方が良かったと言うのか？　それこそ怒り出すだろうが。腹が立つなら俺の頬を打て。こんな時、女性は頬を叩《たた》くのだろう？　いいぞ、ホラ」

一体何を考えているのか。殿下は私に頬を差し出してきたけれど、王族に手を上げるなんて事、どんな事情があるにせよ出来るわけが無い。私は溜息《ためいき》を吐《つ》き、叩く代わりに優しくそっと殿下の頬に触れ、微笑んで感謝の言葉を述べた。

「ウィルフレッド殿下。助けていただき、ありがとうございました。あの状態では、きっと数ヶ月は歩く事もままなりませんでした。心から感謝しております。私はフレドリック殿下との婚約破棄の件を伝える為に、急ぎ屋敷に戻らなければなりませんので、これにて失礼致します」

王家の馬車を降りた私は、近くで待機していたノリス公爵家の馬車に乗り、屋敷に帰った。

おじい様は婚約者を繋ぎ止める事を出来なかった私を許さないだろう。最近は無かったけれど、またあの杖《つえ》で叩かれて罵《ののし》られるのだと思うと気が重い。

「殿下、我々も王宮に急ぎ戻りましょう。殿下？　どうかなさいましたか？　お顔が少々赤いようですが……」

ウィルフレッド殿下は床に跪いたまま、難しい表情でエレインの座っていた座席を見つめていた。ヴィレムの問い掛けにハッとしたかと思えば、咳払《せきばら》いをして何事も無かったかのように座席に座り、医師に作成した診断書を自分宛《あて》に届けるよう指示を出すと、今度はヴィレムに向けて馬車を出すよう顎《あご》で示した。

◇◇◇

屋敷に戻った私は、急いで着替えを済ませて家族がくつろぐ居間へと向かった。そこには父と母、それにこの時間なら書斎に居ると思っていたおじい様まで揃《そろ》っていた。

「只今《ただいま》戻りました」

「あら、随分早いのね。今日はお迎えも無く一人で会場に向かったようだし、もしかして殿下と何かあったのかしら？」

母は私が一人で出かけた事に気づいていたようだ。

そう、いつもなら殿下は迎えにだけは来てくれていたのだ。そして会場入りするなり、当たり前のように待っていたサンドラのもとに行ってしまうというのがこの一年の彼らの行動パターンとなっていた。帰りは当番制にでもなっているのかと聞きたくなるようなローテーションで、殿下の側近達によって義務的に送り届けられた。

「……はい、その通りです。報告する事がございます」

私は皆がくつろぐソファの前まで行き、それから深呼吸して姿勢を正した。

「私、本日フレドリック殿下より婚約破棄を言い渡されました」

この言葉を聞いて、両親は目を丸くした。予想通りの反応だけれど、おじい様は意外にも無反応だった。

「なっ、何を言っているのだ？　向こうから無理に頼み込んでの婚約だったのだぞ！　こちらは散々嫌だと断っていたと言うのに、殿下は何を考えておいでなのだ」

「ラナ、あなたはそれを黙って受け入れて帰ってきてしまったの？　理由を聞いた？」

父も母も愕然《がくぜん》として質問してくるのに対し、おじい様は杖を握り締め、黙って私を睨《にら》み付ける。いつも無表情で何を考えているのか読めないけれど、おじい様は静かに怒っているように見えた。

「殿下は……サンドラという少女と相思相愛となり、彼女と結婚したいと考えておいでなのです」

「サンドラ……？　聖女だと言われているあの娘か？　何を馬鹿な。今は恋の熱に浮かされて周りが見えなくなっているだけだ。すぐに気持ちが変わって発言を撤回してくるだろう」

「それは絶対にありません。なぜなら……大勢の生徒や来賓の方々が見守る中、大々的に宣言したのですから。それに、私が会場を出ようとしたところでウィルフレッド殿下とお会いしました。殿下はその事を聞いて大変お怒りになり、すぐに陛下に報告すると仰っていました。今頃国王陛下の耳にも届いていると思います」

父はそれを聞いて頭を抱え、母は私を心配そうに見つめた。ずっと黙って聞いているだけかと思われたおじい様は、私があえて説明を省いたドレスの件を尋ねてきた。

「それで、その大事な話の前に着替えた理由は何だ？　説明不足だな、我々にわかるように順を追ってすべて話しなさい」

母は首を傾げ、何かに気づきハッとした。帰宅したばかりの私が、わざわざ着替えてここに来ているという違和感。それは父も同様で、スッと立ち上がり、私の方へ歩いてきたかと思うと肘《ひじ》のあたりをつかまれた。

「何を隠そうとしている？　まさか、聖女を信じている者達から暴行を受けたのか？」

打撲したところを触られて、ビクッと体が跳ねてしまった。その反応を見て、父は私の腕を持ち上げ、ブラウスの袖《そで》をグイッと捲《まく》る。露《あらわ》になった腕には、痛々しい打撲の跡が残っていた。

「何だこれは？　他にもこんな痣《あざ》があるのではないだろうな。誰かこの子の着替えを手伝った者をここに呼べ！　今すぐだ！」

執事は慌てて廊下に出て、近くで待機していた私の側仕え達を室内に呼び入れた。怪我をして帰って来た私の事が心配だったらしく、痛み止めの薬や湿布薬など、手当ての道具を用意して廊下で待ってくれていた。

「お呼びでしょうか、旦那様《だんなさま》」

「お前たち、この子の着替えを手伝った時、何か気づいた事は無かったか？」

側仕え達は動揺して目を泳がせた。私が着替え終わった後、転んだ事が恥ずかしいから内緒にしてと頼んだせいだ。それでも主に答えなければと、一人が代表して怪我の状況を話し始めた。

「お……お嬢様は転んだだけと仰いましたが、腰と肘にひどい青痣が出来ておりました。あと、気になった事が……御召し物に、ご自分でこぼしたのではない不自然なワインのシミと、立った状態では踏まれる事の無い場所に、薄っすら男性の物と思われる大きな靴の跡が残っていました」

「わかった、もう下がってよい」

側仕え達が一礼して部屋を出ると、父は私をソファに座らせてくれた。

「説明しておくれ。誰がお前に乱暴したのだ？」

「……パーティーが始まった頃、突然殿下に……突き飛ばされて、思い切り床に倒れました。痣はその時に出来たものです。スカートを踏まれていたのは気が付きませんでしたが、靴跡は多分あの時側に来たエヴァンのものだと思います」

「そうか、エヴァンが助けてくれたのだな」

本当にそうだったら、どんなに良かったか。私はあの時の悲しい気持ちを思い出した。エヴァンがこちらへ近づいて来た時、私を庇《かば》ってくれると期待してしまった。本当、馬鹿みたい。

「いいえ、彼は殿下の味方です。誰の仕業なのかわからないけれど、サンドラが暴漢に襲われたのですって。それを、嫉妬《しっと》した私が差し向けたと思い込んでいるわ。彼らの主張を聞く限りでは、私はサンドラに何度も嫌がらせをしていた事になっていて、だから手加減なんてしてくれなかった。その都度言ってくれれば無実を証明出来たかもしれないのに、彼らは怒りを蓄積させて、今日のパーティーで衆目の中私を吊《つ》るし上げたのです」

父はワナワナと怒りに震えた。娘に暴力を振るった王子は言うに及ばず、親友の子であり、娘の幼馴染《おさななじ》みとして長年可愛がってきたエヴァンの裏切りを知り、言葉に出来ない憤りを感じていた。

そしておじい様は深く溜息を吐《つ》いたかと思うと、低い声で私を責めた。もっと激昂《げきこう》して、手に持ったその杖で叩かれるかと思ったけれど、そうはしなかった。

「男一人もまともに繋《つな》ぎ止められんとは、情け無い。聖女かどうかもわからん平民女に居場所を取って代わられたというのに、お前は指をくわえてそれを見ていただけか。自分の周りで何が起きているのか調べもせんで、濡《ぬ》れ衣《ぎぬ》を着せられたまま私は知らなかったでは済まされないぞ。お前には危機管理能力が足りんようだな。そんな事では王妃などとても務まらん」

私は痛いところを突かれ、何も言葉を返せなかった。

「明日になれば、心配するふりをした野次馬共がお前の顔を見に大勢ここに詰め掛けるだろう。お前は我が家の恥だ、即刻出て行け。但し、この家の人間とわかる物は何一つ持ち出すな。私が明日の朝起きた時にまだ屋敷内をうろついているようならば、問答無用で北の修道院に入れるからな」

おじい様はそう言い残して席を立ち、ゆっくりとドアに向かって歩き出した。北の修道院とは、未婚で子どもを宿した女性や、夫を裏切り離縁された女性など、世間体を気にして実家を追い出された貴族女性が送られる場所だ。私はむしろ被害者なのに、この処分は重過ぎる。

私の両親はどちらもおじい様には逆らわなかった。母は泣いていて、父はそれを慰めるように肩を抱いて悔しさに耐えていた。

それも仕方がない。この家では、おじい様が絶対だから。

◇　◇　◇

私はその晩、側仕え達を下がらせて一人で荷造りを始めた。

アルフォードの祖母に送っていただいた品だけを、祖母のお下がりの大きな鞄《かばん》に詰め込んで、そして身につける物すべてをアルフォードの物に取り替えた。

デザインはこの国の物とは違い、飾りが少なくシンプルな物ばかり。元々こちらの方が好みだし、私には似合っている。だから高価なドレスを置いていけと言われた事に不満は無い。

「でも……貴族として何不自由なく暮らしていた私が、この家を出てまともに生活していけるのかしら。仕事と住むところを探して、これからは誰にも頼らず生きていかなければならないのね……」

なーんてね。

鏡に映る私は、これまでの流れからは考えられないような明るい笑みを浮かべている。皆の前では落ち込んでいるように見せて、本当は小躍りしそうなほど私の心は弾んでいた。

実は、まだ誰にも話した事の無い重大な秘密がある。

なんと私は異世界からの転生者なのだ！

前世は日本の中流家庭に生まれ育ち、今もその記憶が残る私は、公爵家の令嬢でありながら、庶民の感覚も同時に持ち合わせている。

ひとりでは何も出来ない深窓の令嬢だと思ったら大間違い！　私は自分でなんだって出来るのだ。

だから息の詰まる貴族のしがらみから解放されて、むしろこの結果には大満足！　それに内緒にしていたけど、本当は追い出されたってぜーんぜん平気。なぜなら、私にはちゃーんと行く当てがあるのだ！

貴族社会に未練無し！　本来の私に戻らせてもらうわ！


そして私は、夜も明けきらぬうちに大きな鞄ひとつを持って、通用口から外へ出た。

するとタイミング良く食材の買出しに行こうとしていた下働きを見つけ、荷馬車に同乗して町まで運んでもらう事にした。市場が集まる中央広場で別れた彼は、こんな早朝からどこへ行くのかと不思議そうに尋ねてきた。

私はそれに対し「ちょっと隣国の祖母に会いに」と答える。貴族令嬢が単独で旅をするなんて有り得ないのに、新入りだった彼は素直に「お気をつけて」と送り出してくれた。

通りを行きかう人の流れに乗って、私は足取りも軽く目的の場所に向かって歩き出した。

朝の空気は清々しく、空を見上げれば雲ひとつ無い晴天だった。今まで味わった事のない開放的な気分に、思わず笑みがこぼれ出す。

「まさか、こんな日が来るなんてね……ふふっ」

結局一睡もせずに出て来てしまったけど、これからの事を考えるとワクワクして眠れそうにない。

あのまま王子と結婚なんて事にならなくて良かった。あの二人が私を悪役令嬢に仕立て上げてくれたおかげで、こうして自由を手にする事が出来るだなんて、人生どう転ぶかわからない。正直あの場ではかなり腹が立ったけど、今はむしろ感謝したい気持ちだ。

大人しく従順な貴族令嬢は昨日で終わり！

今日から私は自分らしく、自由に好きな事をして生きていくのだ！

第二章　妖精の宿木亭

「いらっしゃいませ！　妖精《ようせい》の宿木亭《やどりぎ》へようこそ。あいにく本日は満室ですが、お食事だけでもどうぞ。女将《おかみ》の作る料理はとっても美味《お》しいんですよ！」

ここは都の片隅にある、築一五〇年というどこにでもありそうな古びた三階建ての宿屋。

しかしそのボロい外観とは異なり、一階の食堂だけは綺麗《きれい》に修繕されており、見た事も聞いた事も無い、珍しくて美味しい料理が食べられる宿として人気を博していた。この宿の名物は元気の出るおにぎり。食べると体力が回復すると、もっぱらの評判だ。

半年前までは老夫婦が細々と営んでいたのだが、客はほとんど入らず、オーナーが変わってから、宿は昔の活気を取り戻していた。


忙しい毎日を送るうち、気づけば家を出てからもう一ヶ月が経過していた。

私は今、とても幸せだ。

玄関を入ると右に階段、その手前には建物の正面を向いてフロントカウンターがあり、それが奥へとＬ字に伸びて、食堂のホールと厨房《ちゅうぼう》との間仕切りとなるカウンター席になっている。

左側のホールに並べられたテーブルとベンチは、良く言えば使い込まれて味わいのあるアンティーク家具。しかし傷が目立つのでテーブルクロスは欠かせない。

それから厨房に面したカウンター席は、お客様と会話を楽しむ事が出来るのだ。

「女将、ここのおにぎりを食べると本当に体力が回復するよ。な？」

「うんうん、オレも初めは疑ってた口なんだけどさ、試しに食べたら本当に疲れが取れてビックリしたよ！」

「ふふ、またそんな事言って。気のせいですよ」

「いいや、気のせいなんかじゃないね。オレの知り合いもそう言ってた。さすが女将！　ただ美味い料理を出すだけじゃない！」

毎日厨房に立つようになって、常連さんは気さくに話しかけてくれるようになった。週末だけだった頃は、よく目を逸《そ》らされていたっけ。

「あー……でも、女将に会えるのが一番元気になるかもな、なんて。へへ」

「ああ、確かにそれは違いねえ。がっはっはっは」

しかしこうした会話が長引くと、厨房の奥から料理長がやって来て、出来上がった料理をカウンターテーブルの上にドンと出す。

「ほらお待ちどお。あんたら、うちのオーナーをあんまり揶揄《からか》わないでくれよ」

「おーっと、料理長に睨《にら》まれた。シン君、今日のも美味しそうだねー」

「ああ、当たり前だろ、冷める前に食え」

こんなやり取りも、もう何度目か。


思い起こせばサンドラが現れてからの一年は、あまり心が満たされる事はなかった。それでも、週末だけは別だった。

実は私は、公爵令嬢という重圧や、王太子の婚約者という立場を忘れたくて、一年前から週末のたびにお忍びでこの宿に来ては、下町に馴染《なじ》む服に着替えて化粧を施し、家族にも内緒である事をしていた。

始まりはただの好奇心だった。

私の前世は趣味のコスプレを楽しむ二十六歳の会社員で、ずっと自分の顔が好きになれずに、高校時代からメイクの仕方を研究し始めた。そしてその技術はどんどん向上し、最終的に詐欺メイクとまで呼ばれる域に達した。素顔を知らない人は、私を美人だと思った事だろう。

しかし男性との交際経験はゼロ。奥手だった上に、時間もお金もすべてを趣味に捧《ささ》げていたのだ。

そしてあの日、試行錯誤の末ようやく完成したコスプレ用の衣装を持って、イベント会場に向かう途中で事故に遭い、気づいた時にはエレイン・ラナ・ノリスとして生まれ変わっていた。

頑張って作った衣装を、いよいよお披露目出来るという段階で人生をリセットされた私の無念は語るまでもないだろう。

そんな前世に比べて娯楽の少ない貴族生活をする中で、思いがけずメイク道具を手に入れた私は、自分の技術でどれだけ別人に成りすます事が出来るのか試してみたくなったのだ。

好奇心は抑えきれず、おばあ様に貰《もら》ったメイク道具をこっそり家から持ち出して、友人と会う約束があると言って町へ出た。

そして私は、知り合いが来ないであろう場所にあるこの宿屋の一室を借りて、持ち出した服とメイク道具を駆使して印象をガラリと変えてみたのだ。

アルフォード製の化粧品は前世で使っていた物に近く、どれも違和感無く使えた。私は特にアイメイクに力を入れ、アイラインをつり気味に引いて瞳《ひとみ》の美しさを強調し、マスカラで目元に存在感を与えた。さらに眉《まゆ》を整え色をのせる事で、ちょっと気の強そうな美女へと変身し、ドキドキしながら外に出てみた。

するとすれ違う人の反応は予想以上で、幽霊や亡霊なんてあだ名が付いている私なのに、男性達は振り返り、私に声を掛けてきたのだ。もちろん化粧をした目的はモテたいからでは無い。だからナンパ男は全員ピシャリと撥《は》ね除《の》けてやった。

そして町を散策する中で、一人の日本人風の少女に出会い、縁あって彼女と一緒に商売を始める事にしたのだ。

彼女との出会いは衝撃的だった。

古いヨーロッパの町並みを思わせるこの町の佇まいにそぐわない、どう見ても日本人にしか見えない着物を着た少女が、浅い木箱に吊りひもを付けた駅弁売りスタイルで、竹皮に包んだ白いおにぎりを路上販売していたのだから。

まさかこの世界でお米を食べられる日が来ると思わなかった私は感動し、買ったその場で泣きながらおにぎりを頬張った。それは何の変哲も無いただの白むすびだったけれど、久しぶりのご飯の味は噛《か》むほどに甘く、ほんのり効いた塩味が日本にいた頃を思い出させた。

現実とは切り離して考えていた前世の記憶が、頭の中がスパークするように突如鮮明に蘇《よみがえ》り、今の私と前世の私が完全に融合した瞬間だった。

これによって庶民の感覚が戻った私には、ここでの暮らしに馴染《なじ》むのは簡単だった。むしろ、貴族令嬢の自分よりも、今の方が断然しっくりきている。

この時出会った少女はチヨと言って、海の向こうにある和の国から商品と一緒に船に乗って来た商人の娘で、年は私の三つ下で今年十三歳になる。

実家の主力商品である醤油《しょうゆ》や味噌《みそ》などを大陸に広めたくて来たと言うが、私と出会った頃は米すらも受け入れられていないという現実に打ちのめされていた。

この国に着いて、初日に自信満々で売り出した味噌を塗ったおにぎりはまったくと言っていいほど売れず、味噌の匂いがダメなのかと、結局は白むすびにしたようだが、それも反応はいまいちで、そんな中、その白むすびを泣きながら食べる私と出会い、意気投合したのだ。

私と出会う前の彼女は、港に停泊中の船で炊いたご飯を売り歩いていたようだが、私と手を組んだ事でその船を降り、本格的にこの地での商売に乗り出した。彼女はとても気さくな性格だけれど、実は結構な大店《おおだな》の娘だ。そしてかなり商魂《しょうこんたくま》逞しい。

この国ではお米は輸入品だというのに、殆《ほとん》ど原価に近い値段で売られている。それほど遠くない和の国という海の向こうの島国からは、陶器や織物などを輸入しており、そのおまけで船に積まれていた日持ちする食材やお米などを買い取りはするけれど、パン食が主流のこの国では、いまいち人気が出ずに倉庫に溜《た》まっていくばかり。だから安値で貧しい者達に売られているのだ。

私はそこに目を付けて商売を始める事にしたのだが、必要な設備を持たない私達は、一年ほど前から宿屋の厨房を借りて、そこでご飯を炊いておにぎりを作り、入り口付近の路上に小さなテーブルを置かせてもらい細々と販売を始めた。

すると、うちのおにぎりを食べると不思議と力が湧くと誰かが言い出し、評判が評判を呼び、その売り上げたるや、なかなかの物。週末限定とはいえ、元手がタダに近いお陰で半年でかなりの金額が貯まっていた。

その頃のチヨにはおにぎりの中に何かを入れるという発想が無かったらしく、私が安価なマグロの切り身を煮てほぐした物に、お手製マヨネーズを和えた物を入れて食べさせると、それをとても気に入り、母国の商人達に試食させ、かなりな高額でマヨネーズのレシピとツナマヨのレシピを売りつけていた。私にそれを報告し、にんまりと笑うチヨの顔は忘れられない。

そして、私が海苔《のり》や鰹節《かつおぶし》が欲しいと言えば実家から取り寄せて、気づけば道具も何もかも揃《そろ》い、今では普通に日本食を食べられる環境が整ってしまっている。

当時おにぎりが順調に売れているその流れに乗り、貯めたお金で日本食をメインとした食堂を始めたいと考えていたちょうどその頃、老夫婦から宿を畳むと聞いた私は、厨房を借りていた縁で半年前にここを買い取ったのだ。もうボロボロで、大幅な修繕が必要な建物だったけれど、娘と暮らすという老夫婦には、相場より多めにお金を渡して送り出した。

商人の娘として仕入れや接客、経理などに明るいチヨと、この国の公爵令嬢である私。家を出される前までは役所や商業ギルドなどに顔が利き、宿の開業手続きなどは拍子抜けするほど簡単だった。エレイン・ノリスの名で手続きをしたが、公爵令嬢が商売をするなんてあり得ない事なので、オーナー名はラナで登録してある。これなら偽名ではないので法的にも問題は無いし、ミドルネームを知らない人なら別人だと思うだろう。

実はチヨと出会った時に適当な名前が思いつかず、思わずラナと名乗ってしまった為、もう偽名を使う事も出来なくなってしまったのだ。

もちろん見た目がエレインのままではいけないので、ここを買い取ってすぐの頃から、時間を見つけては記憶を頼りに、昔作ったコスプレ衣装を作った。

その後は近所の大工さんなどに手伝ってもらいつつ、ふた月以上かけてコツコツ修繕し、日本の家庭料理を思い出しながら、和の国の創作料理を出す店として、宿屋の一階にある食堂をまず先に週末限定でオープンしていた。

　評判は上々で、旅人の口コミで客は集まり、その後再開した宿の方も常に満室という人気ぶりだ。そんな中、老夫婦が営んでいた頃からの客が継続して一部屋を占拠し続けていた。

「ラナさん、二〇一号室にお泊りのお客様が、やっぱり今日もお弁当を作ってほしいって言ってます。おひつのご飯がもう残り少ないですけど、どうしましょう」

「んー、何とかおにぎり二個くらい作れない？　今炊いている分が出来るまで待てないようなら、申し訳ないけどお断りしてちょうだい」

「わかりました、聞いてきます！」

　私の相棒であるチヨはとても優秀で、私が平日、エレイン・ラナ・ノリス公爵令嬢としての普通の生活に戻っている間に、このままでは人手が足りないからと、元気で明るいと評判の少女達をスカウトして客室係やホールスタッフとして雇い入れ、しっかり教育した。さらには元はレストランで働いていた腕利きの料理人を見つけ、あっという間に商売を軌道に乗せてしまったのだ。

　最近では旅人だけではなく、近隣の住民にもお得意様が増え、私は令嬢だった頃よりも遥《はる》かに満ち足りた生活を送らせてもらっている。

　これまでは、令嬢であるが故に週末しか来る事の出来なかった私が、予告も無く突然平日の朝から現れ、「今日からここに住んで、宿に専念する事にした」と話した時のチヨの喜びようったら、

まるで小さな子どもみたいだった。

　この世界は私にとって楽園だ。よほど露出度の高い物でない限り、洋風のデザインであればゲームやアニメのキャラクターの衣装を着ていても浮く事が無い。他の国から来た旅人などもゲームに出てきそうな服装だし。

　これで生活しても大丈夫だとわかった私は、前世で特にお気に入りだったゲームに出てくる酒場の女店主の衣装を最初に作り、それを宿屋の女将ラナのトレードマークとして着る事にした。

　オフショルダーの白ブラウスの上に、胸とウエストを強調したブルーの革製ボディスを着て、同系色の布で作った後ろが長く前が短いアシンメトリーなスカートを穿《は》き、焦げ茶のロングブーツを合わせた。

　実はこの服、隣国アルフォードでは珍しくないものだったりする。アシンメトリーなスカートはさすがに無いが、それ以外は偶然にもアルフォードの民族衣装に近いものなのだ。おかげで悪目立ちする心配は無かった。

　もう『地味で目立たない』なんて言わせない。この容姿を最大限に生かし、好きなコスプレをして人生を楽しもうと決めたのだ。

　家を出された私は、あの時から別人として生きる事にしたのだから。

　おじい様の理想の女性像はもう古いと常々思っていた。姉達は私と同様に、控えめで従順な女性にと厳しく育て上げられ、嫁ぎ先ではその反動で派手に着飾るようになり、姑《しゅうとめ》に有無を言わさない程立派に屋敷の女主人を務めている。

裏で夫を支えるのは当然の事。姉達は社交界でも人脈を広げて夫を更に盛り立てている。今や若い女性達の目標となる憧《あこが》れの淑女像とは、私の姉達のような出来る女なのである。

王太子妃となった暁には、私も姉のようになろうと思っていたものだが、その時が来なくて本当に良かった。


「ラナさん、急ぐからある分で作ってほしいそうです。その代わり、甘い卵焼きをリクエストされました。あの人、男性なのに意外と甘党ですよね。ふふっ」

「わかったわ。多めに作って、ランチで出しましょう。おかずはお昼に向けて何品かすでに出来ているから、それを多めに詰めてあげれば足りるわよね」

連泊中の彼は謎が多く、無口で、私が宿を引き継ぐ前からのお得意様なのにその姿をハッキリ見た事はまだ一度も無い。いつも出入りする時はフードを目深に被り、足早に出て行ってしまうからだ。食事をする時もフードを被ったままで、カウンター席の一番奥が彼の指定席になっている。ちょっと怪しい雰囲気だけど、店で喧嘩《けんか》が起きようものなら真っ先に間に入り、そいつらを外につまみ出してくれたりもする。

今日も彼は私に姿を見せない。いつも用があればフロントにいるチヨに声をかけ、お弁当はそこでサッと受け取って行ってしまう。

「あのお客様、どんなお顔かチヨは見た事があるの？」

「いいえ、一度見せてくださいと頼みましたけど、その後しばらくは口を利いてくれませんでした。そう言えばラナさんとは口も利きませんよね。美人過ぎて緊張しちゃうのかな？　ふふ、私の事はきっと小さな子どもだと思っているんでしょうね。この前、どこかで貰ったとかいう珍しいお菓子をくれましたから」

「ふーん、そう……私にはくれないのに、チヨは一人で良い思いをしてたのね」

「あっ……まだ残ってますっ。休憩のとき一緒に食べましょう。すごく珍しいお菓子だったけど独り占めしようなんて思ってませんよっ。そうだ、今日はラナさんがお弁当渡したらどうですか？　いつもはこの時間ずっと厨房《ちゆうぼう》に居ますけど、今は余裕もある事だし」

二人で謎の男性の話をしながら、彼専用に用意してある漆塗りのお弁当箱に小さな俵形のおにぎりをふたつと、甘く味付けした卵焼き、きんぴらごぼう、今日のメインである一口サイズのとんかつとポテトサラダ、他にも何品かを綺麗《きれい》に詰め込んで、フォークと一緒に布で包んで専用の手提げ袋に入れた。そこにタイミングを計ったように彼が階段を下りてきた。

「リアム様、お弁当ご用意出来ました」

いつもならチヨが対応するのに、オーナー自らカウンターに立っていた事に驚いたのか、彼は一瞬躊躇《ちゆうちよ》して立ち止まり、動揺を見せつつもカウンターの前まで近づいてきた。

「……急に無理を言ってすまない。今日は部屋の掃除を頼んでいいか」

「はい、承知致しました。お気を付けていってらっしゃいませ」

私がお弁当を直接手渡すと、彼はカウンターに部屋の鍵《かぎ》を置いて、戸惑いがちに弁当を受け取った。そして照れたように小声で返事をしてくれた。

「ああ、では、行ってくる……」

私が家を出て、ここに住むようになって初めて気が付いたのだが、あの格好であの部屋を使う人はもう一人いる。今出て行った彼は平日に泊まる人で、宿帳に記入したのも恐らく彼の方。名前は偽名かもしれないが、リアムと記入されていた。

そして週末になると同じ格好をした別の男性が、最低でも二度は泊まりに来ている。背格好が似ているのでチヨは気が付いていないようだが、いつからか二人の男性が入れ替わって一つの部屋を使っているようなのだ。週末に来る方の人は、間違いなく身分の高いお方だと思う。同じフードを被っているのに、纏《まと》う空気が全然違うのだ。何にせよ、宿泊代金は経営者が私に変わる前に、半年分を前金で払って頂いているので、詮索《せんさく》せずに自由にさせている。

前オーナーの時からのお得意様で、宿を引き継いだ時に彼の事は頼まれてしまっているし、半年もの間、特に問題も起こしていないのだから。

リアム様を送り出した後、ササっと軽く厨房の片づけをしていると、チヨがフロントから何かもの言いたげに私を見ている事に気が付く。何だろうかと視線をたどると、彼女は私の服をジッと見ていた。

これはもしかすると、アレを披露する時かもしれない。

宿屋専業となった一ヶ月前から、令嬢との両立ではなかなか時間が無くて難しかった事を、皆に内緒で少しずつ進めている。

この宿には初代オーナーの考えた「森の妖精《ようせい》達が疲れた旅人を癒す宿」という、メルヘンチックなコンセプトがある事を知り、私はそれに沿った女の子達の制服を現在作製中で、仕事が終わると毎夜ミシンを踏んでいる。メイド服のような深緑のエプロンドレスならば、妖精の宿木《やどりぎ》亭という宿の名前とも合うだろう。

チヨも最近は着物より洋装の方が動きやすいと言って、サイズの合う子ども用のワンピースを着るようになり、十三歳というお年頃の女の子らしく、お洒落《しゃれ》に気を遣い始めていた。

「ラナさん、私もラナさんみたいに仕事着と普段着を分けようかと思いまして、仕事用のをどの店で買おうか迷ってるんです。その服はどこで買ったものなんですか？　すごく素敵なのでお店を紹介してください」

「あら、褒めてくれてありがとう。でもお店は紹介出来ないわ。だってこれ、私が作ったんだもの」

「えっ？　またまたー、これは素人が作ったものじゃないですよー」

冗談を言っていると思ったのか、チヨは信じてくれなかった。ならば、実物を見せるしかない。

「実はチヨ達の制服も作っているのだけど……ちょっと試着してみる？」

チヨの表情がパッと華やいだ。期待に目を輝かせ、小刻みに何度も頷《うなず》く。私は一階にある自室にチヨを連れて行き、トルソーに着せたチヨ専用の制服を披露した。

「わっ……すごい！　これ……本当に私が着ても良いんですか？　色も素敵だし、エプロンがすごく可愛いです！」

「ふふ、気に入ってくれて嬉《うれ》しいわ」

他の従業員とチヨの物はデザインが少し違う。彼女は子どもに見えてもマネージャーに近い働きをしているのだから、それを示す為に、高貴な色である渋いエンジの膝下丈《ひざした》のワンピースに、チヨの可愛らしさを引き立てる白いフリフリのエプロンを用意した。裾《すそ》の長いドレスは仕事の邪魔だと言っているのを聞いていたので、あえて膝下丈に設定し、それに白タイツとストラップの付いた靴を用意した。

早速着せてみると、小柄なチヨにはそれが良く似合った。

「ラナさんて何者なんですか？　和の国の言葉も理解しているし、料理も出来て、こんな素敵な服まで作れちゃうなんて。おにぎりを食べて泣かれた時はおかしな人だと思いましたけど、この宿の手続きをした貴族のお嬢様とも仲が良いんですよね？　本当、不思議な人です」

「あら、チヨだってこの国の言葉を普通に話せるなんてすごいと思うけど？」

「いいえ。和の国の商人なら当然です。じゃないと大陸との取引が出来ませんよ」

「なるほど……」

つい話を逸《そ》らしてしまった。チヨには本当の事を話そうかと思った事もあるけれど、下手に公爵令嬢だなんて教えたら、今のような気さくな会話が出来る関係ではいられなくなる気がして、未だに話せないでいる。

「サイズは大丈夫みたいね。同じ物をあと二着作っておくわ。今日は部屋に篭《こも》って仕上げちゃうから、チヨに宿の方を任せても良いかしら？　食堂の事は料理長のシンに任せてきたけど、何かあれば呼びに来てくれて構わないわ」

「はい、わかりました。あのー、これ、このまま着て行っちゃダメですか？」

余程気に入ったのか、スカートを横に広げて悲しそうに見下ろしている。

「良いわよ。その代わり、替えがまだ出来てないんだから汚さないでね」

「やった！　皆に自慢しちゃおっ」

チヨは満面の笑みを浮かべ、スキップでもしそうな勢いで部屋を出て行った。ドアの向こうからはチヨを見た他の女の子達の賞賛の声が聞こえてきた。

「頑張って皆の分も作るから、待っててね。さてと、チヨのを先に済ませますか」

テーブルの上に並べた裁断済みの布からチヨのものを選び、ミシン台の前に座った。

結局、全員分の替えまで作るのに三日掛かり、更にエプロンの替えをそれとは別に何枚も用意していたら、もう一日掛かってしまった。料理長のシンには制服代わりに既製品の白シャツと黒いズボンを一週間分用意して、エプロンとバンダナを合わせて渡した。

制服を渡された女の子達は大いに喜び、着替えた後は心なしか背筋がピンと伸びたように見える。

「さあ、今日から皆は宿木の妖精のつもりで仕事に励んでちょうだいね。見た目は大事よ、エプロンが汚れたら直《す》ぐに清潔な物と交換する事。良い？　シンも、毎日綺麗な服で仕事をしてね。ここは厨房がお客様に見えるようになっているのだから、今までのように何日も洗ってないような布を腰に巻いて仕事するとかはもう無しよ」

「ああ、わかった」

シンは町のレストランで働いていた料理人だ。年は十九歳と若く、腕は確かだったがその店のオーナーが亡くなり、次の仕事を探している時に町で料理人を募集するチヨと出会ったのだ。見た目は良いのに態度が悪く、ここの女の子達には評判が悪い。入った当時よりかなり改善されたが、彼は同僚の女の子達とはあまり仲良くする気は無いようだ。

それに、家には体の弱い弟が居るらしく、両親を亡くした彼が、働きながら一人で世話をするのは大変だろうとずっと気にかけている。しかし年下の私では頼りないのか、なかなかその事を相談してくれない。助けが必要なら言ってほしいのに。

「シン、最近弟さんの調子はどう？」

「ん？　ああ、この宿の近くに越して来てからは弟の体調が少し良くなった気もするが……相変わらずだな」

「そう……。気になっていたのだけど、あなたがここで働いている間は一人でお留守番を？」

「まあな。二人きりの家族だし、それも仕方ないさ」

シンは諦《あきら》めてしまっているが、小さな弟を家に一人で置いておくのは、さぞ心配だろう。

「ううん、ダメよ。そんなの心配だわ。ねえ、出勤する時に、一緒に連れてきたら？」

シンは私の提案に驚いていたが、連れてきても宿に空き室は無く、常に満室だ。厨房の中をザッと見て、これの何処《どこ》に居させるつもりかと聞きたそうに首を傾げた。

「私の部屋で寝かせておけば良いわ。そうすれば仕事の合間でも様子を見られるでしょう？」

「……良いのか？　そうさせてもらえると助かるが……オーナーのベッドに寝かせるって事か？」

「私は構わないわ。そうね、弟さんが気にしなければの話だけど」

◇◇◇

翌朝、料理長のシンは弟を背負って出勤してきた。

昨日、彼に弟を連れて出勤しても良いと言ったのは私だけれど、弟と聞いて、五歳の妹エイミーがいる私は、勝手に小さな男の子だと勘違いしてしまった。良く考えてみれば、シンは十九歳なのだし、普通その弟ともなれば……。

「オーナー、こいつが弟のタキだ。悪いがすぐに休ませてやりたいんだが……」

「あ……ええ、部屋はこっちよ。はじめまして、タキ。私はオーナーのラナよ。慣れるまで落ち着かないかもしれないけれど、ゆっくり休んでいてね」

「うん、ありがとう。お世話になります」

シンの弟タキは、兄に劣らぬ美少年で、兄よりも礼儀正しく、見た感じは十二歳から十三歳といったところか。体が弱いとは聞いていたが、骨と皮だけのようなガリガリの身体で顔色は青白く、見るからに不健康そうな少年だった。食が細いせいか背はあまり伸びておらず、私と並んで立てばそんなに変わらない位だろう。

医者にかかるには大金が必要で、何の病なのか、体調不良の原因もわからず黙って寝ている事しか出来ないらしい。

「ねえ、タキは今何歳なの？」

「あ？　言ってなかったか？　こんなに小さくてひ弱だが、今年十七になる。オーナーより一つ上か」

「……そう」

まさか、自分より年上の男性にベッドを使わせる許可を出していたとは。これには流石《さすが》に少し動揺してしまった。弟を第一に考えているせいなのか、シンはどうもその辺の事に無頓着《むとんちゃく》のようだ。

「なあ、引っ越して来たばかりとは言っても、随分飾り気が無いんだな。それに半分は作業部屋か。ミシンまであるなんて、本格的だな」

興味深そうにミシンを見ている兄とは対照的に、彼に背負われている弟は私に申し訳無さそうな視線を向けていた。

「兄さん、女の子の部屋をジロジロ見るものじゃないよ。ごめんね、ラナさん。僕がこんなだから、兄さんは女の子と付き合った事が無くて、扱い方がわからないんだ。それに、オーナーがこんなに若い人だなんて聞いてないよ、兄さん。知ってたら付いてこなかったのに」

タキは兄からどんな説明を受けたのか、オーナーは中年女性だと思っていたようで、最初に私を見た時は明らかに動揺していた。思春期の男の子が同年代の女の子の寝室で寝るのはかなり気まずいだろう。

「あの……シン、実は使っていないベッドがあるの。今すぐ整えるから、少しだけ待っていてくれる？」

「あ、そうか……そうだよな、オーナーはタキを小さな子どもだと思ってたのか。こいつの年を言わなかった俺が悪い。知っていれば、ベッドを貸すなんて言わないよな、普通」

「いいえ、気にしないで。聞かなかった私も悪いのよ。でも、タキの様子を見る限り、連れて来て正解だったたと思うわ」

寝室には老夫婦が使っていたベッドが二つ並んでいたのだが、使わない方は部屋の奥に寄せてあり、今はちょっとした物置状態になっている。私は慌てて荷物を除けて、ベッドを使える状態に戻した。相手が病人とはいえ、十七歳の男性に自分のベッドを使わせるわけにはいかないだろう。タキも少しホッとした表情を見せた。

「悪い、一人で家に置いておくのは心配だったんだ。この前だって、無理して家の事をやろうとして、熱を出して寝込んだばかりだ。タキ、お前は何もしなくて良いから、まずは健康になる事だけを考えろ」

「わかってるよ、でも僕だって何か出来る事があると思ったんだ。十七にもなって、兄さんにすべてを任せた生活をしているのが辛いんだよ」

可哀想だが、原因がわからないのでは対処のしようが無い。

「タキ、お兄さんの言う事を聞いた方が良いわ。無理をして、どんどん身体が弱ってしまったらどうするの？　どうしても何かしたいのなら、ベッドの上でも出来そうな軽い仕事を考えてあげる。でもとりあえず今日はゆっくり寝ている事。あなたが元気になるように、お昼になったら栄養価の高い、消化のいい物を作ってあげるから。さあ、このベッドを使って良いわ。待たせてしまってごめんなさいね」

そう言ってタキを落ち着かせて、用意したベッドに横にさせると、私はシンを連れて厨房《ちゅうぼう》へ向かった。この兄弟は仲が良く、お互いを思いやるからこそこうして言い争いになってしまうのだろう。

「ねえ、シン。タキは生まれた時から体が弱いの？」

「いいや違う。体調が悪くなったのは、五年前に親が事故で死んじまって、俺が働きに出るようになった頃だな」

「原因はわからないの？　何か思い当たる事はない？」

「そんなのわかってれば対処してるって」

シンは笑って倉庫に向かい、今日の分の食材を用意しに行った。

「出来ればお医者様に診てもらいたいけれど……。残念ながら今の私には、そんなお金は無いのよね。せめて体力をつける為に、しっかり栄養のある物を食べてもらいましょう。私に出来る事なんて、その程度の事しか無いわ」


この日シンは、弟が近くにいる事で安心したのか、いつもより仕事に集中しているようだった。

最近お昼はバイキング形式で対応しており、盛り付けの手間が掛からない分、厨房はかなり楽になった。

時間に余裕が出来た私は、手際よくタキの昼食を作り始める。消化の良い物をと思い、鰹《かつお》だしでしっかり煮込んだ野菜入りの玉子粥《がゆ》を用意した。出汁《だし》の香りだけで食欲が湧いてくる。

「いい匂い。これを食べて、タキが少しでも健康になりますように」

私は鍋底《なべぞこ》が焦げ付かないように混ぜながら、心の中でタキの姿を思い浮かべて、元気になーれと祈りを込めた。

「シン、タキに食事を作ったから、今日はあなたが先に休憩に入って良いわよ。一緒に昼食を取ってきたら？」

小さめの土鍋《どなべ》と取り皿を二人分と、シン用のおかずを何品か皿に取り分けた物をトレーに載せて手渡した。シンは戸惑っていたけれど、朝から集中して頑張ってくれたおかげでお昼に出す料理はすべて出揃《でそろ》っており、この後は減った分を少し作り足せば問題ない。

「……あいつの為に部屋を貸してくれただけでも有り難いのに、こんな事までしてくれるのか？　何て言うか、その……ありがとう。じゃあ、お言葉に甘えて先に休憩に入らせてもらうな」

「いいえ、どういたしまして。ごゆっくりどうぞ」

シンは照れたように笑い、私の部屋に居る弟のもとへと急いだ。何だかいつもより表情が柔らかいのは気のせいだろうか。


「タキ、起きろ。昼飯はオーナーがお前の為に作ってくれた特別料理だぞ」

「ん……もうそんな時間？　こんなに熟睡したの久しぶりだ。いい匂いだね、それは何？」

「お粥って料理だ。これも和の国の料理だぞ。俺が作るより遥《はる》かに美味いから、あったかいうちに一緒に食おう」

シンはベッドから起き出したタキをいつものように抱き上げて運ぼうとしたが、タキはそれを拒み、自力で隣の部屋のテーブルまで移動した。いつもならヨロヨロと心もとないゆっくりした歩き方なのに、なんと普通に歩いてみせた。

「兄さん、熟睡出来たせいかすごく体が軽いよ。それにね、いつもの悪夢を見なかったんだ」

「あ、ああ。お前、顔色も良くなったな。そんなに寝心地が良かったのか？」

シンはチラリとベッドを見た。シーツは普通だし、毛布も特別なものには見えなかった。

「ベッド自体はうちのと変わらないよ。布団もね。うーん、ラナさんの匂いがリラックス出来るのかな？　良くわからないけど、ベッドに入ってすぐに眠りに落ちたみたいだね。こんな事初めてだ」

「……そうか、良かったな。ほら、熱いから気をつけろよ」

シンは今までに感じた事の無い感情を抱いたが、それが何なのかは考えなかった。タキにお粥をよそってやり、自分の分も取り分けると、優しい味付けのお粥を一口食べてみた。

「おお、美味い！　タキ、食べてみろ」

「……!?　本当だ、美味しい！」

タキはここ何年も見せた事がない食べっぷりで、あっという間に皿を空にした。そして更に自らおかわりをして、もりもり食べ続けたのだった。これにはシンも驚いて、呆然《ぼうぜん》としてしまった。

「お、おい、大丈夫か？　そんなに急に腹に詰め込んで、後で痛くなっても知らないぞ」

「お粥ってすごく美味しいね。口に入れた瞬間から体にしみこんで行くみたいなんだ。これならいくらでも食べられそうだよ」

「確かに美味いけど、もうその辺でやめておけよ。いつもの三倍は食べてるぞ？」

タキはシンの為に用意されたおかずにも手を伸ばし、それをパクッと口に入れ、突然ピタリと動きを止めた。

「あー、もう、馬鹿が。気持ち悪くなったのか？」

シンの問いかけに首を横に振り、タキは口に入れた鶏のから揚げを幸せそうに咀嚼《そしゃく》し始めた。

「これも美味しい……お肉食べたの、何年ぶりかな」

タキはシンが止めるのも聞かず、長い事飢えていたかのように食べ続けた。お粥は土鍋いっぱいに作られていたのに、結局半分はタキのお腹に収まった。

「大丈夫か？　もう休め。気持ち悪くなったらすぐトイレに行くんだぞ。場所はわかるよな？」

「大丈夫だよ。お腹いっぱいになったから、もう少し寝るね。兄さんの分まで食べちゃってごめん」

「そんなの良いから、とにかく休め」

タキは先ほどよりもしっかりとした足取りでベッドに戻った。そして布団に入り横になると、すぐに寝息を立て始めた。

「どうなってんだ？　俺だって同じものを食べたんだ、薬の類が入ってたとは思えないし、美味いからって、あんなに急に食えるようになるものなのか？」

そんな事を呟《つぶや》くシン自身も、実は気が付いていないだけで午前中の疲れが嘘のように消えていた。

◇◇◇

私の休憩時間が近付き、カチャカチャと食器を鳴らしながらシンがトレーを抱えて戻ってきた。なんだか今日は特別機嫌が良いのか、とても穏やかな微笑《ほほえ》みを浮かべている。いつもそうしていれば良いのに、普段ずっと仏頂面でいるから、店の女の子達が敬遠するのだ。

「オーナー、これ……ありがとうな。すごく美味かったよ。良ければこの粥の作り方を教えてくれないか？　タキが気に入ったみたいで、珍しくたくさん食べてくれたんだ。しかも、何かちょっと……いや、かなり精のつく料理だったみたいだな。もしかして何か特別な食材でも入っていたのか？」

シンは厨房に戻ってくるなり、お粥のレシピを聞いて来た。特別な食材など何も使っていない。むしろ、野菜の皮や大根の葉など、客に出さない部分で作った物だ。確かに、その方が栄養価は高いかもしれない。しかし平民の家庭では食材を無駄にしないために、皮を剥《む》かず余すところ無く食べているのだから、今回使った食材だって別段変わったものでは無いだろう。

「別に、鰹だしで煮込んだくらいで特別変わったものは入れてないけれど……そんなに美味しかった？　うーん、だったら、タキが健康になるように、元気になーれって呪文を唱えながら作ったから、それが効いたのかしら？　なんてね、冗談よ。……え？　やだ、そんな真顔にならないでよ、恥ずかしいじゃない」

シンは真顔で私を見つめた。ちょっと冗談を言ったつもりが、軽くスベッてしまったらしい。珍しく褒めてくれたから、照れ隠しに冗談で返したのが裏目に出てしまった。

でもどうやら、そうでは無かったらしい。彼はトレーを洗い場に置くと、目を輝かせて私の方へ近付いてきた。

「それだ……！　お前魔法が使えるのか？　だってあいつ、普通じゃ考えられないくらい食ったんだぞ。目の前で見ていたが、それでも信じられない光景だった。おまけに熟睡出来たとか言って、自分の足でスタスタ歩いて見せたんだ！　これって治癒魔法しかあり得ないだろ⁉」

「ちょっ……近い……！」

興奮気味に喋《しゃべ》るシンは、後ずさる私に構わず詰め寄って来て、最終的に作業台に腰掛けるようになった私を押し倒す体勢になっていた。

「シン！　ラナさんから離れなさい！」

休憩から戻ったチヨは、フロントに向かう途中で何気なく厨房を見て、私がシンに襲われていると勘違いしたらしい。怒って厨房に駆け込んできて、シンを後ろに押し戻した。

「ラナさん、大丈夫ですか？　まったくもう、仕事場でなんて事してるんです？　確かにラナさんは魅力的ですよ？　でも、こんな所で強引に迫るのはダメです！」

「違う違う、お前何か勘違いしてるぞ」

シンは両手を上げて後ろに下がり、弁解を始めた。そんなシンをチヨは睨《にら》み付け、私よりも小さな体で、仁王立ちで私を庇《かば》ってくれた。その姿があまりに可愛くて、後ろから抱きしめて頭をわしゃわしゃしたい衝動に駆られたが、チヨは真剣に守ろうとしてくれているのだから、そこはグッと我慢した。

「実はオーナーが魔法を使えるんじゃないかって話をしてて、ちょっと興奮して近付き過ぎただけだ。誓って襲い掛かったわけじゃない」

「そうよ、チヨ。襲われていたわけじゃないわ。シンが私の冗談を真に受けて興奮してしまっただけなの。シン、さっきのは冗談よ。私に魔力は無いもの」

「そんな訳ないだろう。治癒魔法じゃなければ説明がつかないぞ」

私は軽く息を吐《は》き、治癒魔法について説明を始めた。なぜそんな事を知っているのかと聞かれたら面倒な事になってしまうが、ここで説明しておかなければいつまでも勘違いしたままになってしまうだろう。

「シンは治癒魔法の事をどれくらい知っているの？　あれは決して万能では無いのよ。まず、治したい所に直接触れていなければならないし、術者は物凄《ものすご》く体力を消耗するものなの。お料理を通してなんて出来る事ではないのよ」

「じゃあ、あいつに起きた事はどう説明するんだ？　お前が気づいていないだけで、本当は魔力持ちなんだよ。平民にだってたまに居るだろ？　まあ見付かれば国に利用されちまうから、皆黙っているけどな。大体、治癒魔法にも種類があるかもしれないじゃないか。お前のは食べ物を通して内側から治していくタイプかもしれないだろ」

「そんなの聞いた事もないわ……」

シンは引く気が無いらしい。これは魔力が無いというところを見せてあげるしか誤解を解く方法は無いだろう。困った事に、無い物を無いと証明するのは不可能に近い。わざと力を出していないのだろうと言われて終わるのが目に見えている。


チヨは私とシンの言い争いを聞き、冷静になって的確な答えを出した。

「シン、ラナさんは魔法なんて使えないと思います。そんな便利な力を持っているなら、この人はきっと普段から惜しみなく使っていると思うんです」

彼女の母国、和の国には魔法使いは存在しない。魔力は無くて当たり前なのだ。

この国でも魔法を使えるのはごく一部の人間に限定される。そしてその多くは貴族や王族に集中しており、平民が魔力を持って生まれる事はほぼ無いと思われてきた。しかし、先ほどのシンの話で、平民にも魔力持ちは存在して、それを隠して生活しているという事がわかった。

「ラナさん、交替の時間です。休憩に行ってください」

「ええ、じゃ、後はよろしくね。シン、今チヨが言った通りよ。私にそんな力があるのなら、宿屋ではなく診療所を開いていると思わない？」

シンはこれに反論しなかった。まだ一年にも満たないとはいえ、私とシンは毎日遅くまで一緒に働いてきたのだから、お互いの人となりはそれなりに理解している。

チヨにその場を任せて、従業員の休憩所でサッと昼食を済ませた私は、タキの様子を見に行く事にした。

部屋に入ると、スースーと穏やかな寝息が聞こえてきて、タキが熟睡している事がわかった。

彼は良く寝ているみたいね。シンは大げさに言っているだけで、きっといつもより少し多めに食べたってだけの話でしょ？　シンにしたら大きな変化かもしれないけれど、環境が変わって体調が良くなったと自分でも言っていたじゃない。

私はぐっすり眠るタキの顔を覗《のぞ》いてみた。

「……あら？　気のせいかしら？　朝よりずっと顔色が良いみたい」

ベッドに眠るタキは、今朝とは打って変わって頬に赤みが差していて、骨と皮しかなかったはずなのに、肌には張りが戻り、ほんの少し肉が付いたように見える。

「えーっと、こんなに急にお肉って付くものなのかしら？　それともむくんでるだけ？」

私の独り言が大きかったのか、タキが目を覚ましてしまった。

「ん……んん？　女神様？」

「え……？　ああ、何か夢を見ていたのね。ごめんなさい、煩《うるさ》くて起こしてしまったわね」

「いや、気にしないで。もう十分寝させてもらったから。それにしても、夢の中の女神様がそこに立っているのかと思って、驚いたよ。君の素顔はきっとあの女神様とそっくりなんだろうな。いや、あれは君だったのかも。声が似てる」

タキは神々しいものでも見るように私を見た。夢の中の女神に似ていると言われても、ちょっと言葉に詰まる。

「あなたの夢に出て来た女神様が、私に似ていたの？」

「うん……僕の体に巣くう魔物を、眩《まばゆ》い光で退治してくれたんだ。これでもう大丈夫よと言って、スッと光と共に消えてしまった。もしかして、君は女神様の化身なのかな」

今度は女神の化身。自分がそんな大層な人間じゃない事をわかっているが故に恥ずかしい。タキのこれは本気なのか冗談なのか、正直言って判断に困る。

これ以上聞いているのは私が恥ずかしさに耐えられそうになかったので、話題を変えた。

「ねえ、タキ。シンが言っていた事は本当なのかしら。お昼に私が作ったお粥《かゆ》をぺろりと平らげたって聞いたのだけど？」

「ああ！　あれ、すごく美味しかったよ。ありがとう、実は兄さんの分まで食べてしまって、申し訳ない事をしたんだ。お粥ってすごいね。飲み込んだ瞬間に体に染み込んでいって、体の奥からドンドン力が湧いて来るんだ。このまま元の体に戻れそうな気がする」

タキ、あのお粥にそんな効能は無いと思う。何がどうなっているのか理解出来ないけれど、とりあえず彼は少し健康に近付いたらしい。シンの言った事は間違いではなかった。まだ弱弱しいけれど、朝見た彼とは別人のように生き生きとしている。熟睡出来たという事は、ここの環境が彼には心地よかったのかもしれない。

「ラナさん、僕が元気になったら、ここで働かせてくれないかな？　今まで世話になりっぱなしだったから、兄さんの手伝いをさせてほしいんだ。ダメ？」

タキ、どこでそんなワザを覚えたの？　私より年上のくせに、そんなに可愛く上目遣いで懇願されたら、従業員は足りているけれどダメとは言いにくいじゃない。

「ええ、良いわよ。目標を持つのは良い事だと思うわ。頑張って健康を取り戻しましょうね」

この日タキは、食堂のラストオーダーの時間まで私の部屋で休んだ後、夕食として作ってあげた小さな土鍋《どなべ》いっぱいの玉子粥をペロリと平らげ、シンと並んで歩いて帰った。

翌日出勤してきたシンと一緒に来たタキは、まだ普通とは言えないものの、たった一晩で骨と皮のミイラのような姿ではなくなっていた。

◇　◇　◇

視線が痛い。

今朝は自分の足で歩いて来たタキだけれど、まだ本調子ではないので、今日も私の部屋で休ませている。何が起きたのかわからないけれど、とても不思議な事が起きたという事だけはわかった。

そのせいで、今朝シンが出勤して来てからというもの、彼の視線が気になって仕方がない。何が言いたいのかは、わかっている。きっと昨日の口論の続きをしようというのだろう。

それに今日は好奇心いっぱいのチヨが加わった。

昨日は私の味方だったじゃない、裏切り者。

「ラナさんて、やっぱり魔法が使えるんじゃないですか？　タキの回復の仕方は普通じゃないですよ。だって、宿を始める前のおにぎり屋の時も、食べると元気になるって言われてましたし……」

チヨはちょっと口ごもりながら、気まずそうに私をチラリと見た。

「あと、これは言ってませんでしたけど……ラナさんが別のお仕事で居ない日に、勝手におにぎりを作って売ってました。ごめんなさい。それでなんですけど、いつも買ってくれるお客さんに言われた事があるんです。ラナさんが売ってる時のおにぎりじゃないと、体力が回復しないって」

「ええ？　あなた……私が居ない時は宿のお手伝いをしていたんじゃなかったの？」

チヨは宿屋の一室を借りる代わりに、平日は老夫婦の仕事を手伝うという約束だったのだ。おにぎりの売り上げ金の管理はチヨに任せているとは言っても、そんな事をしていたとは思わなかった。どうりで予想より少しだけ儲《もう》かっていたはずだ。

「ごめんなさい、ごめんなさい。お手伝いもちゃんとしてました。売った数も一日二十個限定でしたし、何日かでやめました。それに、やっぱり私一人で売ってもあまり売れませんでした。食べても元気が出ないからって。私、美人なラナさんの作ったものだから元気が出るって言ってるんだと思ってました。でも違ったんですね、本当に体力が回復してたんですよ」

自惚《うぬぼ》れ過ぎかもしれないけれど、実は私もそうなのだと思っていた。綺麗《きれい》な女性が作ったものを食べると元気が出るよ、と冗談を言われているのだと解釈していたのだ。

でも、本当に体力が回復するというなら、きっとアレよ。ほら、何の効果もない偽物の薬を飲んで、病気が治るみたいな。そんな感じの話を前世でチラッと聞いた事がある。何て言ったかしら？

何とか効果……プライバシー効果？　じゃなくて、プライム……プラズマ……………プラカード？

「あのー、ラナさん、聞いてます？」

「プラシーボ!!」

「なっ、何ですか急に！　ビックリするじゃないですかっ」

チヨは私の突然の大声に体を竦《すく》め身構えた。そして仕事をしながらこちらの会話に聞き耳を立てていたシンも、ビクッと体が跳ねていた。

「プラシーボ効果だわ！　スッキリした……。ふふふ、謎が解けたわ。チヨの言った通り、思い込みなのよ、私が作ったものを食べると元気になるって思って食べるからそうなるだけだと思うわ」

タキもそうなのよ、シンがお粥を食べさせる前に何か言ったからじゃない？　私も栄養のあるものだって先に教えていたと思うし、お粥を食べれば健康になれると信じて食べたから、タキにも効果が出たんだわ。きっとそうよ。だって、私には本当に魔力が無いんだから。

私は一人で納得していたが、シンは怪訝《けげん》な表情でこちらを見ているし、チヨも頭の上にクエスチョンマークがいくつも飛び交っているような顔をしている。

「ぷらしーぼこーかって何ですか？　聞いた事がありません」

「あ……えっと、私も詳しくは知らないのだけど、聞いた話では、タキに起こった事がまさにそれよ。これを食べれば元気になれるっていう思い込みで、体が回復する事もあるんですって」

二人はまだ納得は出来ていないようだが、私はそうだと思う事にした。でなければ、本当に説明がつかない。

「ふぅーん、ラナさんは色々物知りですよね。前のお仕事が特殊だから……？　ところで話は変わりますけど、前のお仕事は別の人に任せてきたって言ってましたよね。どんなお仕事してたんですか？　仕立て屋さんか、料理人ですか？　それとも、知り合いだって言っていたお嬢様のお世話係とか？　立ち居振る舞いがその辺の人とは違うし、知識も豊富で、もしかしてそうかなってずっと思ってたんですけど」

一ヶ月前のあの日、週末でもないのに突然宿に顔を出した私にチヨは驚いていた。今までは、本業が忙しいからと誤魔化して週末だけ来ていた訳だけど、フレドリック殿下を支える役目はサンドラが担ってくれるだろうし、それにある意味適性が無くて令嬢をクビになったようなもの。

だから他の仕事は辞めて宿屋に専念する事にしたと言ってあるのだ。私が宿に専念する事を喜んでくれて、他の事は気にならなかったのか、チヨはその後も詮索《せんさく》してくる事は無かった。

「もしかしてオーナーは、公爵の屋敷で働いていたんじゃないのか？　チヨの言った令嬢の世話係が当たりなら、辞めてここに来た時期とも合う。王太子様の婚約者だった令嬢が、たしか同じ頃に……」

「ストップ！　それ以上の詮索はやめてちょうだい」

シンには興味の無さそうな話なのに、私の事を知っていた事に驚いてしまった。それだけ王太子の婚約破棄は衝撃的な事件だったたという事か。

テレビやラジオも無いこの世界では、王族や貴族が何をしているのかなど、民が知らない事の方が多い。噂程度は耳に入っても、正確な情報を持っている者は実に少なく、大抵はガセネタである。前世の世界ならこんな時、大々的に報道されていたのだろう。ネットで検索して、王子に振られた公爵令嬢の顔を見てやろう、なんて事が簡単に出来なくて良かったとつくづく思う。

「あ、ダメですよ、シン。身分のある方の所で働く人は、外部の人間に中の事の話をしちゃいけないんです。和の国ではそういう決まりですけど、この国は違うんですか？」

「チヨの言う通りよ。だからもう、この話はやめてね？」

シンとチヨは、今ので私がノリス公爵家の令嬢付きの使用人だったのだと解釈して、今後は口をつぐんでくれるだろう。

最後の晩の様子からして、実際に私付きだった側仕えの中には辞めてしまった者も居ると思う。だって皆相当怒っていたもの。

高位貴族と平民という身分差が、本当に邪魔で仕方がない。チヨ達が知ればきっと、今まで通りの関係ではいられなくなってしまう。それは絶対に嫌だった。私はここでは、ただの宿屋の女将ラナでいたいのだから。

「ごめんなさい、ラナさん。急に思い出して、口から出てしまいました。シンも、もうこれ以上の詮索はしちゃダメです。何となくわかりましたよね？」

「ああ。悪い、もう聞かないから、そう構えるなって。関係者にしたら嫌な話題だよな、ごめん」

「いいわ。もうこの話はお仕舞いね。さあ、仕事仕事。シン、手が止まってるわよ。チヨも、持ち場に戻ってね」

仕事に戻ったシンは、昨日同様、テキパキと料理を作っていった。私もそれに負けないようにドンドン調理を済ませて行く。

バイキング用の料理は次々と食堂に運ばれ、もうすぐお客様が来る時間だ。


お昼が近付き、私は今日もタキの為に何か作る事にした。朝見た感じでは、お粥の必要は無さそうだった。だから私は、豚汁と、うちの看板メニューであるおにぎりを作ってシンに持たせた。

「シン、今日も先に休憩に行っていいわよ」

シンは私からトレーを受け取り、一拍置いてまた私の方へ返してきた。

「ん？　どうしたの？　タキの苦手な食材でも入ってた？」

「いや、今日は俺の代わりに、オーナーがあいつと一緒に食ってくれないか？　話したい事があるみたいなんだ」

「それは構わないけど……？　もしかして、女神様の話かしら」

「はは、実はあいつ、昔から人には見えないものが見えるんだ。人の胸の所に黒いモヤが見えるとか、背後に虹色《にじいろ》に輝く光が見えるとか、以前はそんな話をよくしていた。だが体調を崩す少し前くらいから、その話をしなくなっていた。それが昨日、帰ってからオーナーの事を女神様だと言い始めて。……先に言っておくが、別に頭がどうかしてるって訳じゃないぞ。そこは誤解しないでほしい。で、夢に出てきた女神の事を話したいらしい」

まあ、タキは霊感少年という事？　虹色の光って、オーラが見えるって事よね。黒いモヤは邪《よこしま》な心という事かしら。

「わかったわ。そういう人が居る事は知っているから、心配しないで。じゃあ、先に休憩に入らせてもらうわね」

「ああ、タキの事、頼むな」

私は二人分の昼食を持って、自分の部屋に向かった。

部屋に入ると、タキは太陽の光が差し込む居間の窓から外を眺めていた。目の錯覚なのか、急に背が伸びたようにも見え、そのうしろ姿はすでに病弱な少年とは言えないものだった。

「タキ、起きていて大丈夫なの？」

私の声に反応し、タキはサラリとしたオリーブ色の髪をかきあげ、満面の笑みを浮かべて振り返った。グリーンの瞳《ひとみ》が私の姿を捉《とら》えたかと思うと、彼は私に向かって跪《ひざまず》いた。

と同時に、バリッと布が破れた音がした。

「ちょっ、具合が悪いの⁉」

私は慌てて持っていたトレーをテーブルに置くと、タキに駆け寄った。

「タキ、しっかりして。立てる？　私の力で背負えるかしら……」

タキの顔を覗《のぞ》き込むと、彼はキョトンとして顔を上げ、私と目が合うとフッと柔らかく微笑んだ。

やせ細った姿だった時でも美少年だと思ったが、今の彼は言葉に出来ないほど美しく、十七歳という年相応の姿へと成長していた。先ほどは逆光のせいで顔がボンヤリとしか見えなかったが、近くで見ると昨日との違いがはっきりと見て取れた。

「……君に対して跪いただけなのに、そんな反応されると思わなかった」

「これはどういう事？　あなた、タキ……よね？」

「もちろんそうだよ。どうやら、昨日君が僕を浄化してくれたおかげで、ここで寝てる間に、止まっていた成長が一気に進んだみたいだ。体の調子はすごく良いよ。服は……ちょっとキツイけど」

よく見れば着ている服はパツンパツンで、肩の辺りは特にキツそうに見える。先ほどの破れた音は、彼の着ている服が裂けた音のようだ。

朝は昨日と変わらない線の細い子どものような体形だったのに、この短時間で骨格まで変わってしまったというのか。それに、髪まで伸びていた。タキが言うように、止まっていた時間が急に動き出したようである。

「どうなっているの……？　これはもうプラシーボ効果どころではないじゃない」

理解を超えた事態に頭が付いていかず、私は呆然《ぼうぜん》としてタキを見ていた。今朝見た彼の面影はあるけれど、子どもが急に大人になれば、誰だって驚いてしまう。

「ラナさん、まずは落ち着こう。僕も戸惑ってる。色々と話したいとは思っているんだけど、とにかく今は早く着替えたい。ちょうど今、着替える為に一度家に帰ろうかなって考えていたところだったんだ。それにさっき、ズボンが破けちゃったみたいで……」

照れ笑いするタキは、気まずそうに視線を落とした。

「ええ、そうね、着替えね。わかったわ、シンに取りに行ってもらいましょう。その格好のまま外に出るのは恥ずかしいでしょう？　ちょっと待ってて、今シンに頼んでくるわ」

私はとにかくシンに知らせなくてはと気持ちが焦り、小走りで厨房《ちゆうぼう》へと戻った。今さっき休憩に入ったはずの私が慌てて戻ってきた事で、タキに何かあったのではと思ったシンは、座っていた椅子からガタッと立ち上がった。

「あいつに何かあったのか⁉」

私は頭を横に振り、用件だけを簡単に話した。

「シン、あのね、落ち着いて聞いてほしいのだけど。あなたの服を、下着も含めて靴まで一式取りに帰ってもらえないかしら？　タキが突然成長してしまって、困っているの。あなた方の住まいはここからすぐ近くでしょう？　今すぐ取ってきてほしいの。ここは私が見てるから、急いで！」

「あ？　ああ、何だかよくわからないが、取りに行けば良いんだな？」

シンはまったく理解出来ていなかったけれど、私に追い立てられて、言われるままに走って着替えを取りに戻った。


そしてその数分後、息を切らしてシンは帰ってきた。

「はぁ、はぁ、はぁ、取ってきたぞ。はぁ、はぁ……」

本当に呆《あき》れるほど早く戻ってきたシンは、部屋から服や靴などを慌てて引《ひ》っ掴《つか》んで来たという感じで、袋にも入れずにそのまま抱えていた。

「ホントに早かったわね。タキが待っているから、急いで持って行ってあげてちょうだい」

「ああ、わかった。悪いが、このまま俺が先に、休ませて、もらうぞ。いくら、近いと言っても、ダッシュで往復は、キツイ……」

「ふふっ、どうぞ。今日はランチが終わったら食堂は臨時休業にするわ。タキには後で話を聞くと言っておいてね」

シンはゼイゼイと息を切らしながら、返事をする代わりに片手をあげて厨房を出て行った。

「さて、チヨに午後からは臨時休業にする事、伝えなくちゃ」

私はフロントカウンターで接客中のチヨのもとへ向かった。するとそこに居たのは、お弁当箱を返却するリアム様だった。彼はお弁当を持って出て以来、数日宿へ戻らなかったのだ。

チヨはリアム様に向かって、戻らないなら戻らないと先に言っておけと注意していた。私とチヨは、いつもの時間になっても戻らないリアム様に何かあったのかと心配していたのだ。

「戻れなかったのだ。すまない。謝りついでに、私の部屋にもう一人泊めたいのだが、構わないか？　ツインの部屋だし、とりあえず今晩だけでも」

「宿の代金はお一人分しか頂いてません。その方の分は別料金ですけど、良いですか？」

「ああ、もちろん追加で支払うとも。出来れば、温かい食事を部屋に運んでほしいのだが……」

「そういったサービスはしていません」

事情も聞かずに断るチヨの隣に立ち、私が話を聞く事にした。彼は今までそんな事を言ってきた事は無かったのだ、何か事情があるに決まっている。連れの方は、恐らくあの人だろう。

「待ってチヨ。リアム様、お帰りなさいませ。お連れ様はどちらにいらっしゃるのですか？　その方にも宿帳への記入をお願いしなくてはなりません」

厨房からひょっこり現れた私にチヨは驚き、跳ね上がった。

「びっくりした……！　ラナさん、休憩に行ったんじゃなかったんですか？」

「ええ、交替したのよ。でもその話は後でね」

リアム様は外で待っている連れの男性のもとへ行き、今度は一緒に入ってきた。

雨の降っている地域から来たのか、間違って川にでも落ちてしまったのか、二人とも、マントの裾《すそ》から覗くズボンとブーツが濡《ぬ》れていた。

「あ、リアム様が二人？」

「シッ、失礼よ、チヨ」

指をさして驚くチヨを窘《たしな》めて、その指を掴んで引っ込ませる。

私の予想通り、連れの方は入れ替わりで宿泊していた高貴な雰囲気の男性だった。

「宿帳にご記入願えますか？」

男性は無言でペンを取り、震える手で名前を書いた。

「昼食はいかがしますか？　従業員によるサービスは致しませんが、リアム様が運んでくださるのでしたら、お部屋で召し上がっても構いません」

「おお、そうか。では、後で取りに来る。いつも無理を言ってすまないな」

「いいえ、リアム様は前オーナーの頃からのお得意様ですもの、少し融通を利かせるくらいの事でしたら、いつでも致します。お身体が冷えていらっしゃるようなので、温かいスープをご用意致しますね」

リアム様と連れの男性は、こちらに軽く頭を下げた後、ゆっくりと階段を上っていった。

「チヨ、今日はランチタイムが終わったら、食堂を臨時休業にする事に決めたわ。宿の方は、あなたに任せるわね」

「な！　何言ってるんです？　今まで一日だって休んだ事無いのに、急にそんな……！」

「ちょっと大変な事が起きたの。あなたには夜、私の部屋で話すわ」

儲《もう》けの大きい午後からの営業をやめる事にチヨは納得していなかったけれど、ここで話せる内容ではない。私は入り口に「本日午後からの営業は都合により休業します」と書いた張り紙をして、厨房へと戻った。


タキに着替えを届けたシンは、すっかり冷めてしまった豚汁と冷たくなったおにぎりを二人で食べた後、何とも言えない表情で厨房に戻ってきた。嬉《うれ》しい反面、戸惑いも大きく、身長が一六〇センチちょっとしかなかった可愛い弟が、ほんの数時間後には一七〇センチを優に超えていたのだから、私以上に驚いただろう。

ランチタイムが終了し、後片付けをシンと他の子達に任せた私は、これが済んだら今日は帰っていいと伝えて自室に向かった。

「タキ、体の調子はどう？　さっきは大丈夫と言っていたけれど、急激な成長でどこかに無理がかかったのではない？」

「いや、全然どこにも問題無いよ」

タキはもう寝るつもりはないのか、ベッドを元の状態に戻し、居間のテーブルセットのところで椅子に座り、そこに置いてあった本を読んでいた。私が唯一持ち出したアルフォードの本は女神の神話で、おばあ様ではなく、珍しくおじい様が送ってくださった物。

それはとても古い本で、元の持ち主は曾祖母《そうそぼ》らしく、その内容は、暇を持て余し、悪戯《いたずら》に人間界に天災を起こしていた女神の物語。

神様がその女神を懲らしめようと、彼女の起こした天災真っ只中《まただなか》の地上に人間の女として降ろしてしまうというのが物語の始まりで、簡単に纏《まと》めると、自分のした事の重大さを思い知れと言われて受けた罰だったけれど、彼女は人間の男に助けられ、一緒に生活するうちに恋に落ち、その男との間に出来た子どもを産んだ直後、神によって天に帰される。という、何とも言えないお話だった。

女神は確かに苦労はしたものの、想像以上に人間はタフで、天災に見舞われてもしっかりそれに立ち向かい、協力し合って再生していくという過程を見た。

それに自分の産んだ子どもの居る世界にならば、もう悪戯はしないだろう、という神様の判断で、無事天界に戻る事が出来たのだ。物語上、天界はそれでハッピーエンドだった。

だけど、地上に天災を巻き起こした事は神様にとっては悪戯で、妻が出産で命を落としてしまったと嘆く人間側の心情は無視なのかと、子ども心に神様の理不尽さにモヤモヤが残る結末だった。

「兄さんに聞いたけど、あのおにぎりっていうのには、かなり回復効果があるみたいだね。兄さんも食べてみて、今日初めて実感したらしいよ」

「まあ、本当に？」

「うん、きっと普段からラナさんが作ったものを食べてるから、今まで気が付かなかったんだろうね。家との往復で疲れた体には、わかりやすく効果が現れたんだよ、きっと。やっぱり君は女神様だ。こんな奇跡を起こしてしまったんだから」

「私は女神なんかじゃないわ。タキが夢で見た女神の姿が私に似ていたからといって、そんな風に結び付けられても困ってしまうのよ。確かに奇跡は起きたかもしれないけれど、それが私の起こしたものだって証拠はどこにもないのよ？」

タキは本をパタンと閉じて、ジッと私の背後を見つめた。

何を見ているのか、想像は付く。彼は私のオーラを見ているのだ。そして彼が集中力を増すごとに、目は見開かれ、そこから急に眩《まぶ》しそうに目を細めた。

「何が見えているの？」

「今の僕を見ても変に思わないところを見ると、兄さんに聞いたんだね。僕は心の色って呼んでるんだけど、小さな頃から人の心の色が見えるんだ」

タキはそこまで話すと、私から視線を外して窓の外に目をやった。

「表面は良い人そうに見えても、黒いモヤが出てる人はたくさん居てね、兄さんには言ってないけど、実は僕の体調不良はその心に触れてしまったせいなんだ。一番酷かったのは、同じ地域に住んでいた女の子だ。その子はいつも黒いモヤを纏っていて、僕は怖くてその子を避けていたんだけど、ある日狭い路地で呼び止められてしまって、彼女の漆黒のモヤに襲われてしまった」

「心に触れるって、どんな風に？」

タキは当時の事を思い出したのか、一瞬嫌な顔を見せた。溜息《ためいき》を吐《つ》き、それから少しずつその時の事を語り始めた。

「言葉だよ。負の感情を込めた嫌な言葉を浴びせられたんだ。でも、やった本人は何もわかっていないだろうな……」

その子は一方的にタキの事を知っていて、自分と年の近い彼の恵まれた境遇を妬《ねた》んでいたらしい。誰もが羨《うらや》む美しい容姿を持ち、頼れる素敵な兄と、優しい両親も当時はまだ存命だった。住んでいた地域は同じでも、裕福なタキの家とは天と地ほどの格差があったのだ。

対してその子は母親を亡くし、母親以外からは誰からも可愛がってもらえず、何もかも恵まれたタキが羨ましいと、自分と代わってと酷く感情的に言われたのだそう。

その時その子の口から出た言葉が黒いモヤとなってタキを襲い、その影響なのか、それからタキは誰の心も見えなくなっていた。

「後は、君も知る僕の出来上がりだよ。体力が落ちて、あまり食べる事も出来なくなって、もう少しで死んでしまうところだった。兄さんに無理やり担がれて、ここに連れて来られて本当に良かったと思うよ」

私はシンに背負われてここへ来た時のタキを思い出した。あれが人の妬み嫉《そね》みから来る現象だと思うとゾッとしてしまう。しかも相手はまだ子どもだというのだから尚更だ。

「それから、君の心の輝きは、間違いなく僕の夢に出てきた女神様のものだよ。同じ色は一つとして無いからね。でも、無理にそれを隠そうとしているのかな……集中しないと見えないんだ。普通に見えている色も素晴らしいけど、本当の自分を解き放てば、もっと輝けるはずだよ」

「本当の自分って……？　私は別に何も隠してなんかいないけれど……」

タキの話はにわかには信じられないものだが、ここは異世界。常識では考えられない事が他にも起こるかもしれない。


チヨは急に成長したタキを見て、口をあんぐり開けて棒立ちになった。そのまましばらくフリーズしたかと思えば、今度はタキを指差し、険しい表情で突然大きな声をあげた。

「誰⁉」

また今日も皆で夕食を取ろうという事になって、私の部屋には、シン達兄弟二人と、仕事を終えたチヨを招いたのだけど、まあ、予想通りの反応だった。

タキは朝とは違う服を着て、背は十センチ以上伸びているし、顔には面影があるといっても、少年と青年では印象が全然違うのだから当然である。

チヨは料理を運ぶ手伝いをしていたタキの周りをグルグル回り、じっくり観察した後、彼をキッと睨《にら》んで席に着いた。タキはなぜ睨まれたのか理解できずに、ただ苦笑いしていた。

「ズルイです。チビっ子仲間だと思ってたのに。私も大きくなりたいです」

「あら、背が小さい事を気にしているの？　チヨはそのままで十分可愛いのだから、大きくなる必要は無いと思うけれど。あなたはまだ十三歳だもの、急に伸びるかもしれないわよ？　でも、私は小さなチヨが可愛くて好きよ」

「え、そうですか？　えへへ、ラナさんがそう言うなら、まあ、このままでも良いですけど……。タキ、良かったですね、悪いものがどこかに消えてくれて。シンも、これで一安心ですね」

チヨは私に褒められて、嬉しそうに笑っている。それにまだ何も説明していないのに、タキを見て自分なりに理解したのか、彼女は柔軟な頭でこのおかしな状況をすぐに受け入れてしまった。

私達は食事をしながら、タキに起こった事をチヨとシンにも話してあげた。タキは自分の病の原因を、この時初めてシンに話し、シンは難しい顔をしてしばらく考え込むと、その相手にピンときたらしい。

「思い出した。お前が怖いと言って避けていた、あの黒髪の女の子だな？」

シン達が元住んでいた地域は、奥に行くほど貧しくなっていくらしい。その子は恐らく、かなり奥の方に住んでいたのだろう。近所の子なら、名前くらいは知っていたと思うけれど、二人はその女の子の名前を知らなかった。

「お前はあの辺では特に可愛がられていたし、あの子にしたら、そりゃ羨ましかっただろうな。それにしても、黒いモヤが見えるとは聞いていたが、体にそんな悪影響が出るなら早く言ってくれよ。

金は無いが、知っていれば もっと早く引っ越したのに」

「ごめん……父さんと母さんの思い出の詰まったあの家を離れるのは嫌だったんだ。それに、あの子を避けたところで、他にも似たような人はたくさん居るんだよ。だからどこに越しても一緒さ。人が大勢集まる都に住む限り、嫌なら僕が避けるしかないんだ」

タキは子どもの頃からそうやって生きてきたのだろう。少し悲しげに笑った。

「あの子は僕を見かけるたびに何か言いたげで、近寄れば何か言われると思ったから嫌だったんだ。あの子、今頃どうしているのかな。きっと心が満たされれば、黒いモヤも小さくなる気がするんだけど……」

私は急に、「言霊《ことだま》」という単語を思い出した。声に出した言葉には、不思議な力が宿る……みたいな事だったと思うけど。タキの言っている事はこれに近いのではないかしら？　良い言葉を発すれば良い事が起こって、悪い言葉を発すれば悪い事が起こる。確か、そんな内容だったように思う。うろ覚えで、はっきりとは言えないけれど、妬む気持ちを言葉に乗せてかけられたタキは、霊感体質のせいで、モロに影響を受けてしまったという事？

正しくは霊感とは違うのかもしれないけれど、私はそう理解する事にした。

でも、病気になれとか、死ねと言われたわけでもないのよね。やっぱり良くわからないわ。

「欲の強い奴は、いつまで経っても満たされないんじゃないか？」

「うん。まあ、そうかもしれないね」

「そう言えば、お前が寝込むようになった頃から、あの子をうちの近辺で見なくなったな。お前の話だと、かなり容姿を気にしていたみたいだが、別に普通だったよな？　可愛いとは言えなくても、そこまで容姿が劣るって訳でもないと思ったけどな。きっと自分を誰かと比べて、卑屈になってしまったんだな」

シンとタキの会話を黙って聞いていたチヨは、少し重くなった空気を変えようと口を挟んだ。

「なるほど、そんな事で他人を病気にしちゃうだなんて、何だか怖いですね。タキ、私にだって背が小さいってコンプレックスはありますけど、他の人を羨ましいと思う私にも黒いモヤモヤがあるんですか？」

チヨは確かに小さい。測った事は無いけれど、せいぜい一五〇センチあるかないかだ。でも和の国が日本に似た国ならば、きっとこれくらいが当たり前だと思う。

長身の女性が多いこの国に来てからは、着られる服が子ども服しかない事に不満があるらしいけれど、似合ってるのだから気にする事など無いのに。

タキはチヨをジッと見て、クスクス笑い始めた。

「ふふ、チヨちゃんにはまったく、これっぽっちもモヤモヤが無いね。君の心の色は黄色、あとオレンジも混ざってる。とってもパワーを感じるよ。元気で明るい子なんだって、すぐにわかる」

「フハッ、見たまんまじゃないか」

チヨにはコンプレックスがあっても、黒いモヤがかかっていないらしい。

他人を羨ましいと思う程度なら心配ないのだとわかり、少しホッとした。少なからず、自分にも誰かを羨ましいと思う時はあるのだから。

「そうだ、ラナさん。約束を覚えてる？　元気になったら、僕をこの宿で雇ってくれるんだよね？」

「もちろんよ。明日からでも大丈夫？」

「うん、よろしくお願いします。働くのは初めてだし、慣れるまで仕事は遅いかもしれないけど、皆の足手まといにならないよう、精一杯頑張るよ」

「じゃあ、明日からは人前に出るのだし、その伸びてしまった髪をどうにかしなくちゃね。私がカットしてあげる。シン、バスルームに椅子を運んでくれる？」

私はタキの髪を綺麗《きれい》にカットし、これからの彼にエールを送った。タキが苦しんだ年月を忘れられるくらい、幸せな毎日が訪れますように。

タキはこの後、私が女神と同じ輝きを持っていると二人にきちんと説明した上で、この事は他言無用だと口止めした。彼らの心の色を見て、話しても大丈夫だと判断したようだ。そして、この三人で私の事を守ろうと言い出した。

シンもチヨも、魔法が使えるんじゃないかと面白がって騒いでいた時とは違い、タキに起きた不思議な現象を目の当たりにした今、真剣にそれを受け止めた。

特別な力を持てば、それを独占したがる輩《やから》が出てくる。実際に、誰の目にも明らかな現象が起きてしまっては、私には何かをした自覚は無いにしても、関係ないと言い切れなくなってしまった。

半信半疑ではあるけれど、無自覚でいるよりも、自覚した上でこの不思議な力とどう付き合っていくか、考えるべきだと思った。

こうして守ってくれるという人が近くに居てくれると、とても心強い。守ると言っても、誰一人として戦闘力は無いのだけれど。

まずは、ここの料理を食べると体力が回復するという噂については、思い込みでそう感じるだけだろう、と言って誤魔化す方向で、口裏を合わせる事にした。


この翌日から、タキは厨房《ちゅうぼう》で働き始めた。幸いな事に、彼は引っ越して来てから一度も外に出ていなかった為、急激な成長を訝《いぶか》しむ人はおらず、何の問題も無く生活を送る事が出来ている。

そしてタキが仲間に加わった事で、食堂は一気に華やいだ。シンとタキの兄弟は違うタイプの美形で、兄はクール系、弟は癒し系と、二人揃《そろ》うとかなり目の保養になる。

たまに来る近所の女性客の口コミで、男性ばかりだった食堂のお客様は、いつの間にか半数近くがシン達を観賞しにくる女性客に変わってしまった。

幕間　それぞれの思惑

あの日、俺はパーティー会場でラナと別れた後、弟の愚行を知らせる為に急いで王宮に戻り、執務室で山積みになった書類を片付けている父上のもとへ向かった。

ちょうど執務室から出てきた侍従に訳を話し、中へ通してもらうと、なぜかそこには叔父上が居て、二人は聖女の事を話し合っていた。俺はすぐに報告したかったが、父上に待てと手で制され、黙って二人の話が終わるのを待っていた。

「陛下、あのサンドラという娘は聖女ではない。期限の十六歳の誕生日は二日後ですよ。それなのに、奇跡など一つも起こしていないではありませんか。あれは、あの胡散臭《うさんくさ》い預言者の嘘だったのでは？　現にあの男は、金を受け取ってすぐに姿を消した。やはり最初から私が言っている通り、予言を利用した詐欺だったのですよ」

叔父上は、聖女という得体の知れない存在に対して否定的な考えを持ち、大昔の奇跡を記した書物についても、誰かの作り話を集めただけではないかと疑問視している。

それは俺も同じ考えだった。

まあ、期待したくなる気持ちもわからなくはないが。

書物に記されている内容は、実に我々にとって都合のいい話ばかりで、それはもう人の能力の域を超えているだろう、と突っ込みたくなるような奇跡の数々。

その奇跡というのは、治癒魔法とは別の大きな力で、病や怪我に苦しむ民を癒したという内容のものが大半なのだが、その他に、明らかに作り話だと思われるものも残されている。

この大陸の複数の国では、嫉妬《しっと》と羨望《せんぼう》の悪魔、エンヴィという想像上の怪物が語り継がれているが、聖女はこれに取《と》り憑《つ》かれた者を救い、怪物を退治しただとか、干上がった大地に雨を降らし、一晩で麦を実らせて飢饉《ききん》に苦しむ民を救った、という荒唐無稽《こうとうむけい》な話まで記されているのだ。

この国でも、毎年どこかの地域で雨不足に苦しんでいる。

本当に聖女なんてものが存在するなら、是非とも奇跡を起こしてほしいものだ。

「ハア……だがな、他に聖女と思われる少女は現れてはいないのだぞ」

「そんなもの、初めから存在しないのですよ。納得がいかないのでしたら、サンドラが聖女であるかどうか、目の前で奇跡を起こさせてみれば良いのです」

「試すというのか？」

「あの書物に記されていた聖女の奇跡のように、負傷した兵士の目を治させてみましょう。あの娘は魔力を持ちません。それでも目を治す事が出来たなら、それは聖女である証しとなるでしょう」

叔父上はサンドラが本物の聖女かどうか、検証したいと言いに来たようだ。

ならば、良いタイミングだ。

「父上、叔父上、お話の途中、失礼します」

「何だ、急ぎの用件か？　そう言えばお前に、今日のパーティーの代理を頼んだはずだが、なぜまだここにいる？」

父上は不思議そうに俺を見た。

「会場までは行きました。しかし、問題が。父上、叔父上、フレドリックがパーティーの場で、エレイン・ノリス公爵令嬢に婚約破棄を言い渡しました」

「何⁉」

「何だと⁉」

父上よりも、叔父上の方が驚きが大きかった。

叔父上はまったく予測もしていなかったのか、驚きと共に、怒りの表情が浮かび始めた。そして舌打ちして「あの小僧が邪魔しなければ……」と小声で呟《つぶや》き、俺に詳しく話すよう迫ってきた。

俺はヴィレムから聞いた話をそのまま二人に話し、フレドリックに厳罰を与えるべきだと付け加えた。

「それは真か！　何という事を……」

「あいつ……！　一体何を考えている‼　あれだけ苦労して手に入れた娘を、わざわざ傷つけ、挙句サンドラと結婚するだと？　私の選んだエレインはそこらの令嬢とは訳が違うのだ。いじめなどという愚かな行動をとる訳がないだろう！　馬鹿者が……あの娘の見た目の美しさに目が眩《くら》んだか……」

叔父上はギリッと奥歯を噛《か》み、憎々しげに空《くう》を睨《にら》んだ。

「陛下、サンドラが聖女ではない事を証明します。医師の診断を受け、間違いなく光を失っていると診断された者をすぐに連れて参りますので、偽物だとわかった時には、即刻サンドラを処刑していただきたい」

叔父上はサンドラが聖女ではないと確信を持っているかのようにそう言うと、父上の答えを待った。

「ウィルフレッド、今からやつらは王宮に来るのだな？　ならば、謁見の間に人を集めよ。サンドラが聖女であるか、その場で検証する」

叔父上はその言葉を聞き、すぐに行動に出た。

俺も叔父上に続き、執務室を出て行こうとすると、父上に呼び止められてしまった。

「待てウィルフレッド」

「何か？」

「エレインの婚約が無くなるが、お前はどうするつもりだ？」

「……今は何も考えられません。彼女には、あの頃の俺との記憶が無いんですから」

父上は俺を哀れむような表情を浮かべて軽く頷《うなず》き、侍従を呼んだ。

「大至急、謁見の間に重臣達を呼べ。それからもうすぐ、フレドリックとその側近達が来る事になっている。そいつらもそこに並べて待たせておけ。ああ、それから、一緒に来る聖女は、別室で待機させておくように」

「畏《かしこ》まりました。では、一度下がらせていただきます」

侍従が執務室を出ると、父上は頭を抱えて盛大に溜息《ためいき》を吐き、俺にも退室を促した。

「お前も行っていい。私は半端に手を付けた書類を片付けてから向かう」

「では、後ほど」

俺は謁見の間に向かい、弟達の到着を待った。


「何だ、兄上。謁見の間に私達を呼び出して、どうしようというのだ？」

今すぐこいつを殴りたい。

ラナに怪我まで負わせておいて、まったく悪びれない様子のフレドリックを見て、思い切り殴り飛ばしたいという衝動に駆られたが、この場は拳《こぶし》を握り締めて我慢した。そしてこの愚かな弟に賛同した者達を睨み付ける。

我が愚弟フレドリックは、悪い事をした自覚が無いどころか、サンドラを別室に連れて行った事に酷く憤慨した様子だ。こいつはこんなに頭の悪い男だったか？

アーロンは状況をわかっているようだ。ガックリ項垂れて、この先自分がどうなるのか想像しているのだろう。

「フレドリック、なぜだ？　なぜ、大勢が見ている前で婚約者を貶《おとし》めるような真似をした？」

「フン、兄上には関係無い。何をそんなに苛立《いらだ》っているのだ」

「俺だって無関係ではない。どうせ後ろめたい事があるから理由を説明できないんだろう」

「違う！　あの女はな、サンドラに対し、二度も暴漢を差し向けたのだ。そこにいるエヴァンが助けなければ、この国の大切な聖女が殺されていたかもしれないのだぞ！」

俺は先ほど聞いた、叔父上の呟きを思い出した。「あの小僧」とはエヴァンの事ではないのか？

「いいか兄上。私は毎日のように、エレインに嫌がらせをされたとサンドラから報告を受けていた。だからそれを白日の下に晒《さら》し、あれを良い子だと思っているやつらの目を覚まさせてやっただけの話だ。ハハッ、皆に裏の顔をバラされて、青ざめたあの女の顔は見物だった」

エヴァンめ……ラナの幼馴染《おさななじ》みのくせに、この男は彼女を信じず、偽聖女の方を信じたのだな。そしてこの大きな体で彼女の華奢《きやしや》な体を押さえつけたのか。加減もわからず、骨のヒビを広げたのはコイツか。俺がラナに代わって、仕返しにお前の足を折ってやろうか。

「それより、私のサンドラをどこに連れて行った？　彼女は怖がりだから、慣れない王宮に連れて来られて、一人で心細い思いをしているに違いない」

「それより、か……サンドラには後で会えるさ」

叔父上が謁見の間に現れて、少し遅れて父上もやって来た。父上が玉座に腰をおろすと、フレドリックは不満気に父に物申した。

「何ですか父上、このような場に私達を呼びつけて？　サンドラがどこかに連れて行かれてしまいました。彼女をどうするおつもりですか」

「フレドリックよ。お前は、そのサンドラと結婚すると公言したらしいな。そのような後先考えない行動を取るような者に、王太子の資格は無い」

父上のこの言葉に、叔父上は顔色を変えフレドリックを窘《たしな》めた。今更何を言っても、コイツを変える事は出来ないと思うぞ。どうせ今まで散々言い聞かせてきたんだろうが。

「フレドリック……今この状況で気になるのはそこなのか？　お前は何て愚かな行動を取ったのだ。エレイン・ノリスを大切に扱えとあれほど言っておいたのに、何もわかっていなかったのだな。お陰でこれまでの苦労がすべて水の泡となってしまった。無駄かもしれんが、明日にでもノリス公爵家に謝罪に行くのだぞ」

「な……叔父上！　謝る事など一つもありません！　向こうがサンドラに謝罪せねばならぬ立場なのですよ？」

「黙れ！　許される事なら、お前の発言を無かった事にしてほしいというのに、当のお前がそれでは……！」

叔父上とフレドリックが言い争う中、父上は手を上げて何かの合図を出した。

するとドアが開き、一人のみすぼらしい服装をした男が、兵士に手を引かれて謁見の間に入ってきた。

あれが叔父上の言っていた、負傷した兵士か。首から上に強い攻撃魔法を受けたのだろう、顔は重い火傷《やけど》を負い、そのせいで瞼《まぶた》がくっついてしまっている。

これでは確かに、何も見えないだろう。これを魔法の力無しに治す事が出来るというなら、聖女だと認めるしかないのか。

「あ、あの……わたしの目を、聖女様が治してくれるというのは、本当ですか？　わたしは一介の兵士です。わたしなんかに大切な力を使ってしまって、いいんですか」

負傷した兵士は恐る恐る、誰にと言うわけでもなく、人の気配のする方へ顔を向け、言葉を発した。

「上手くいけばの話だ。期待はしないほうが良いだろう」

「は、はあ。わかりました」

叔父上が兵士にそう答えていると、またドアが開いて、今度はサンドラが謁見の間に現れた。その顔は不服そうで、しきりに胸元を触っている。

何だ、あのドレスは？　今日はただの学校行事だろう。何て場違いなものを身につけているんだ。

「サンドラ！　良かった無事だったか。何もされてはいないな？」

フレドリックの問い掛けに、サンドラは悲しげな表情を浮かべた。

「フレドリック……あのティアラを取り上げられてしまったわ。それにあなたがくれたネックレスとイヤリングまで。酷いわ、せっかくあなたがくれた物なのに」

この女の一番の関心事は、宝石か。どうやら、この場の重苦しい空気が伝わらないと見える。こんなのが本当に聖女なのか？

父上はサンドラの言葉に呆《あき》れ、その発言を許すフレドリックの事も窘めた。

「お前の身に付けていた宝石だが、すべてエレイン・ノリス公爵令嬢のための物だ。勝手に持ち出したフレドリックには、後で仕置きが必要だな。さて、なぜお前達を集めたのか、気になっているだろう」

サンドラはティアラと言ったが、まさか王太子妃が受け継ぐ、あのティアラの事か？　フレドリックの母もかつて付けただろう由緒正しきものだぞ。それを、得体の知れない平民に付けさせたというのか？　呆れた。あいつは本当に頭がどうかしている。

父上は更に言葉を続け、サンドラに無茶な命令を下した。

「サンドラに聖女の力が現れないまま、その期限が二日後に迫っている。予言では、十六歳の誕生日までに聖女の力が覚醒《かくせい》すると言われているのは知っているな。サンドラよ、お前が本物だというならば、今ここで、皆の見守る中、聖女の奇跡を起こしてみよ。その男の負傷した目を治すのだ」

父上は負傷した男に付き添ってきた兵士に指示を出し、サンドラの前に男を立たせた。サンドラは重度の火傷を負った彼の顔を見て、スッと目を逸《そ》らした。

「嘘でしょ……これを治すって……私は何をすれば良いのかもわからないのに。フレドリック、助けて」

「大丈夫だサンドラ、お前なら出来る！　皆の前でやってみせれば良い。その男の目に手を当てて、治れと念じてみよ」

フレドリックに励まされ、サンドラは嫌々男の目に両手を当てた。そして目を瞑《つぶ》ってしばらく動かなくなったかと思えば、バッと後ろに飛び退いた。

「何、今の……？　手から何かが出たわ」

サンドラがそう言うのとほぼ同時に、負傷した兵士はゆっくりと目を開いた。

「見える……見えます！　聖女様、ありがとうございます！　ああ……生きてて良かった。これでまた、我が子の顔を見る事が出来る……！」

何だ？　今のは間違いなく治癒魔法ではないか。この女に魔力は無いと聞いたはずだが、どうなっている？　これが聖女の力だというのか？　書物には魔法とは別の力と記されていたが、実際は魔法と変わらないぞ。手で触れたところだけが綺麗《きれい》に治っている。

兵士の目は治り、サンドラが触れていた形にただれた部分も回復していた。

父上やこの場に集まった者達は、これを見て感嘆の声を漏らし、叔父上は驚愕《きょうがく》の表情を浮かべてサンドラと兵士を見ている。

「おお……！　まさに聖女の奇跡ではないか。これは大変だ。皆に聖女が覚醒したと知らせろ。フレドリック、今日は聖女を家まで送ってやりなさい。慣れない力を使って、きっと疲れただろう」

父上の反応からして、ラナの事など忘れていると感じた。フレドリックの愚行を叱り付け、厳罰

を与えてほしかったが、待ちに待った聖女の奇跡を見た今は、何を言っても無駄だろう。

父上が重臣達を引き連れて興奮気味に部屋を出て行くと、フレドリックは突然笑い出した。

「はっはっはっ、サンドラ、やはりお前は聖女であったな。私は初めから信じていた。これからはもう誰にも陰口など言わせないぞ」

「フレドリック、あなたの言う通りにしたら、ちゃんと出来たわ。私、嬉《うれ》しい。使い方がわからなかっただけで、本当はもっと前から出来たのかもしれないわ。何だかまだ信じられない。もう一度試してみようかしら。あの顔をもっと綺麗にしてみるわ」

サンドラは自分を崇めるように跪《ひざまず》いた兵士の顔に手を当てて、またしばらく動かなかった。しかし先ほどよりも長くそうしているのに、兵士の顔のただれは一向に治る気配が無い。

「おかしいわ。力を使い果たしてしまったのかしら?」

「今日はもうやめよう。初めて力を使ったのだ。きっと疲れてしまったのだろう」

「そう? 体は全然平気なのに、変ね」

女の身であれだけの魔法を使っても、倒れるどころか平然としているサンドラを見て、何とも言えない違和感を覚えた。体にまったくダメージが無いというのが不自然過ぎる。

「おい、本当に体に負担は感じないのか?」

俺が話しかけると、サンドラはキョトンとした表情でこっちを見た。

「フレドリック、その人は誰?」

「私の腹違いの兄で、ウィルフレッド。お前が聖女である事に疑いの目を向けていた者の一人だ」

「ふぅーん、王子様なの。これで私が本物だってわかりましたよね？　でもその目、まだ私を疑ってるみたい。素敵な人だと思ったけど、私を疑うなんて酷いわ」

学園で一年学んだくせに、礼儀作法どころか言葉遣いすら正されていない事に呆れてしまう。

「……お前が今やって見せたのは、治癒魔法ではないのか？　その程度の事なら、俺にも、そこにいるヒューバートにも出来る。だから俺にはそれが聖女の力だとは到底思えない」

サンドラはスッと纏《まと》う空気を変えたかと思うと、先ほどまでの弱い女の顔から一変して、それが素の顔かと問いたくなるようなキツイ表情で俺を睨《にら》みつけてきた。

「酷い！　私に魔力が無い事は皆知ってるわ！　目の前で奇跡を見せてあげたのに、そんな事を言う人には何か罰が当たればいいのよ！　行きましょう、フレドリック」

「サンドラの言う通りだ。まだそんな言いがかりをつけるとは、自分の予想が外れてそんなに悔しいのか？　行くぞ、エヴァン、アーロン。……ヒューバート、俺の側近にお前は不要だ。裏切り者め、もう付いて来るな」

フレドリックは俺とヒューバートを睨み付けて、慰めるように優しくサンドラの肩を抱き、側近達を引き連れて謁見の間を出て行った。

そして俺は原因不明の体調不良に見舞われた。

気づかぬ間に、また毒にやられたのだと思った俺は、回復するまでリアムに身代わりで登校してもらい、その間に解毒を試みたが、解毒薬はどれも効果は出ず、しばらく身動きが取れない状態だった。

王宮で出される食事にも警戒し、何も食べずにいた俺は、リアムに頼んで持ち込んでもらった宿《やど》木《ぎ》亭の水と食べ物を口にするうちに、毒は自然と抜けたのか、みるみる回復に向かった。

ラナと同じ名を持つ女将《おかみ》の居るあの宿屋は、不思議と安心出来て、毎日気を張らなければならない王宮暮らしの俺には、もう無くてはならない場所となってしまった。

◇◇◇

「ご苦労様、それ以上家に近づかないでね」

「しかし、それだと聖女様の警護が出来ません！」

「毎回同じ事言わせないで！　あなた、私達家族の会話を盗み聞きするつもりなの？　警護なんか必要ないわ。この辺りはみんな知り合いばかりで、よそ者がうろついていればすぐにわかるんだから。私の言う事を聞けないっていうの？　聖女の力で罰を与えるわよ」

「っ……！　わかりました。万が一何かあれば、大声で叫んでください。すぐに向かいます」

学園から家まで護衛をしてきた兵士達は、サンドラの家から大分離れた路地で待機を命じられた。

本来ならば、家の前に立って警護すべきなのだが、壁が薄いため、会話が聞かれてしまう事を嫌ったサンドラは、絶対に彼らを家に近づけなかった。

「ハァ……」

いつまでこんな所に住んでなければいけないのかしら？　私は聖女なんだから、少しの間くらいお城に住まわせてくれたっていいと思うんだけど。どうせ使ってない部屋なんてたくさんあるでしょうに、王族って意外とケチなのね。神殿の敷地内に、私の為の立派な住まいを用意してくれるのは嬉しいけど、完成するまでの間は家族との時間を楽しめって……。向こうにしたら親切のつもりかもしれないけど、こっちはそんな事望んでないわよ。


下町でも特に貧しい者達が住む、細い路地が入り組んだ地域にサンドラの実家は在った。

父と義母、年の離れた小さな双子の弟の五人暮らしで、サンドラは長女としてこの家の生活を支えていた。父親は下級貴族の屋敷で下働きをしているが、収入は家族五人が食べていくのがやっとというもの。サンドラがその容姿を生かして、街角で花の売り子をしなければ、子ども達に満足な量の食事をさせてやる事も出来ないという貧しさだった。

「サンドラ、もう国からお金は貰《もら》えないのかい？　一年前はたんまり貰えたじゃないの。やっとあんたを聖女だって認めてくれたんだろ？　だったらさぁ、毎月の生活費くらい出してくれても良いんじゃないの？　ほら、あんたの何とかって王子の彼氏に頼んでみなよ」

「いい加減にしてよ！　あんなにたくさん貰った支度金、一体何に使ったの？　知らないうちに全部無駄使いしちゃって。何これ？　この家にこんな豪華なカーペットなんか必要ないでしょ！　あれは私のドレスを買い揃えるためのお金だったのに！」

あばら家のような粗末な家に、なぜか豪華なカーペットが敷かれている。小さな弟達にその価値はわからず、泥だらけの汚い靴でその上にあがり、すでに見る影も無い状態になっていた。

「だってあれを毎月貰えると思ってたんだ、仕方ないだろ」

「何勘違いしてるのよ……いくら貰ったと思ってるの？」

「全然足りないね。借金返して、残りでこの敷物を買って、子ども達に着る物買ってやって、あんたの服だって買っただろ。文句言いたいのはこっちだよ！　先にあんたの分なんて買うんじゃなかった。あたしらの服を買う金は無くて、未だにボロのままなんだからね。家具だってこれから一つずつ買い足して行くつもりだったのに、結局敷物しか買えなかった」

「お金の使い方を間違えてるわ！　こんな物うちには合わないし、この子達にあんな高価な服は必要ないでしょ？　なのになんで私の服は古着なの？　ちゃんと仕立てたのは最初の一枚だけ。それだって一日しか着てないのに、いつの間にか無くなっていたわ。みすぼらしい服を着て王子様達と一緒の学校に通わなくちゃいけない私の気持ちも考えてよ！」

義母はまったく理解できないという顔でサンドラを責めた。父親はこんな時いつも、妻を少し窘《たしな》める事しかしてくれない。優しいけれど、愛した先妻を亡くしてからは生きる気力を無くしてしまって、今は気の強い後妻の言いなりという頼りない父親になってしまった。

後妻も初めからこんな性格だった訳ではない。嫁いできた当初はサンドラの母になろうと頑張っていたのに、あまり懐かなかった上に、夫は優しくても先妻を想い続け、後は余生を送るだけと言わんばかりの無関心さ。そのせいで、彼女はいつの間にかこの家を牛耳る傲慢《ごうまん》な女になっていた。

「はあ？　あんた、それでもお姉ちゃんなのかい？　可愛い弟達に綺麗《きれい》な服を着せてやりたいと思わないの？　あんたは彼氏に買ってもらったんだから良いじゃないの。何の文句があるっていうのさ」

「もうその辺にしないか。あまりサンドラを困らせるんじゃない。この子は聖女様なんだぞ？　そのうち王子様と結婚して、家族を養ってくれるさ……」

サンドラは、なぜ自分はこんな家に生まれてしまったのかと神様を恨んだ。そして、母親が生きてさえくれていたら……と、考えずにはいられなかった。

美人で気立ての良かった母は、サンドラが六歳の頃に原因不明の病に倒れ、どんどん痩《や》せて、花が枯れるように亡くなってしまった。

その後、父親がサンドラの世話をさせるために再婚したのが今の母親だ。

新しい母親は家にお金があればあるだけ使ってしまう人で、父の収入でも節約すれば普通に暮らせるはずなのに、娘の稼ぎまで当てにして、いつも余計な買い物をしてしまうのだ。そしてそれは大概、生活に必要な物ではなかった。

もうイヤ。こんな家族なんて要《い》らないわ！　神様が居るなら、今すぐみんなを私の前から消して！　私を解放してよ！

サンドラは早くこの家を出たかった。街角で花売りをしていると、花を買ってくれた貴族や商人などがよく、「こんな仕事は辞めて自分の愛人にならないか」と誘ってくるのだ。

あの預言者があんな事を言わなければ、あの日は貴族の誘いを受けるつもりで、いつも花を売っている辺りをブラブラしていた。

そこからまさかの急展開で、聖女の生まれ変わりだと言われ、王子とお近づきになって、恋人にまでなれるだなんて、誰が想像出来ただろうか。それなのに、なぜ未だにこんな所で暮らしているのか。


義母との言い争いは、決まって彼女が酔っ払ってから始まる。そしてその後は、やんちゃ盛りの弟達の面倒を見なければならない。

聖女への貢ぎ物として、貴族達が持ってきた高級な酒をあびるほど飲んだ両親は、ガーガーといびきをかいて眠ってしまった。この人達は、自分で買ったワインは水で薄めてチビチビ飲むくせに、人に貰った物は贅沢《ぜいたく》にがぶがぶ飲んでしまうところがある。苦労せず手に入れた物は大切に出来ない性質なのだ。それはお金も同様で、大して必要でない物でも、欲しいと思えば迷う事なく買ってしまうからいつまでも貧乏から抜け出せずにいるのだ。

サンドラが聖女だと認められた後、真っ先に自分達に奇跡を起こしてもらいたいと願う貴族達は、このあばら家に足を運び、神に捧《ささ》げる美酒を献上していた。中には果物や高価なお菓子などを貢ぐ者もいたが、神聖な存在に捧げるものとして、酒を選ぶ者が多かった。

この一ヶ月、両親は毎日そうして酔いつぶれ、サンドラは帰宅後必ず、五歳になったばかりの双子の弟達の面倒を見ていた。しかし、この日は少し違った。もうこの生活に嫌気が差したサンドラは、弟達を放置して自室に篭《こも》り、家を出て行く準備をしていたのだ。

「フレドリックに貰ったドレス、鞄《かばん》に入り切らないわ。気に入ってるのだけ先に持ち出して、あとから残りを取りに来るしかないわね。とりあえず、明日から誰かの家に泊めてってお願いしなくちゃ。エヴァンとアーロンなら、どっちが言う事聞いてくれるかしら」

ブツブツと身勝手な事を呟《つぶや》いていると、隣の部屋から弟達の泣き声が聞こえ、徐々に焦げるような臭いがしてきた。

「何？　焦げ臭いわね。まさか、またあの子達……!?」

振り返ると、ドアの隙間から煙が入ってきていた。サンドラが恐る恐るドアを開けると、居間には煙が充満し、炎の向こうの弟の手にはマッチ箱が握り締められていた。

サンドラが不在の昼間に、何度か双子がボヤ騒ぎを起こしているとは聞いていた。だから、またどこかに火をつけて遊んだのだとすぐにわかった。マッチは手の届かない場所に仕舞ったはずなのに、知恵のついた彼らは、母親の買い集めた何の役にも立たないガラクタの入った箱を積み上げて、棚の上段から取り出してしまったらしい。

弟達はどうしていいかわからずに、炎から逃れて反対側の壁際に寄り、怯《おび》えて泣き叫んでいた。

室内をよく見れば、弟達の遊び場にはおもちゃと一緒にサンドラのノートや教科書が置かれていた。その辺りで特に火の勢いを強く感じた事から、火元はそこだろうと確信した。炎はカーテンを伝い、あっという間に部屋全体に広がり始め、弟達は完全に逃げ場を無くした。そしてふかふかのカーペットの上で大の字になって寝ていた両親は、酔いつぶれて目覚める様子も無い。

逃げ場を探す双子の弟達は、ドアの向こうのサンドラの姿を見て助けを求めた。

「ねえちゃーん！　あついー！　あついー！」

「こわいよー！　ねえちゃーん！」

サンドラはごくりと唾《つば》を飲み、そしてドアを閉めた。

「私は何も見ていない。散歩から帰ってきたら、火事になっていたのよ」

サンドラは窓を開け、鞄に詰め込んだドレスに後ろ髪を引かれながらも、着の身着のまま窓から飛び降りた。表の方からは、火事に気づいた隣人達の声がする。それに混ざって、離れた場所に居るはずの兵士の叫び声も聞こえた。サンドラの言いつけを守らず、すぐ近くに居たに違いない。

「中に聖女様がいらっしゃるはずだ！　どこですか！　返事をしてください！　サンドラ様ー！」

サンドラは周りに誰も居ない事を確認しながら、息を切らして狭い路地裏を走り抜け、家から離れた所にある井戸まで来ると、顔を洗い、服などに煤《すす》汚れが付いていないか確認した。それから息を整えて、何事も無かったように歩いて家に戻ってきた。

するると、途中ですれ違ったおばさんが慌てた様子で話しかけてきた。

「サンドラ！　ああ良かった、あんたは家に居なかったんだね。大変だ、あんたの家が火事だよ！」

「ええ⁉　弟は？　トムとサムは無事ですか？」

家の前では近所の人達が総出で、サンドラの警備に付いていた兵士達と一緒にバケツリレーで消火に当たっていた。

「あたしらが気づいた時にはもう火が全体に回っていて、兵士が一人助けに入ったけど、まだ戻ってきてないんだ。途中までトムがあんたを呼ぶ声は聞こえていたんだけどね、助けられなくて、ごめんよ。あの兵士もきっとダメだろうね」

サンドラはワアッと泣き出して、その場に頽れた。

住民達の消火活動により、周辺に燃え広がる事はある程度避けられたが、消火に当たった者達の中には火傷を負う者が何人も出ていた。サンドラの家は完全に焼け落ち、家族四人と兵士は遺体となって発見された。火元は居間で、隣人からは最近何度か子どもがボヤを起こしていたとの証言があり、マッチの使い方を覚えたばかりの子どもの火遊びが原因だろうと結論付けられた。

近くの教会で朝を迎えたサンドラは、火事の知らせを受けて迎えに来たエヴァンに泣きながら抱きついた。

「エヴァン！　ああ……私の可愛い弟達が！　私、大事な家族を一度に失ってしまったわ！」

エヴァンは抱きつくサンドラを引き剥《は》がすと、事務的に連絡すべき事を伝えた。

「大変だったな。だが、お前だけでも無事で良かった。殿下も心配されていたが、迎えに行けない事を謝っていた。建築中のお前の住居はまだ生活出来る状態では無いが、お前は他に行くところが無いだろう？　巫女《みこ》用の粗末な部屋だが使って良いと許可が出た。今からそこへ行く」

「……え？」

サンドラは目を瞬いた。こんな事があったのだから、当然王宮で暮らす事になると思っていたのだ。それに、気のせいかエヴァンの態度がやけに冷たい。むしろ少し怒っているようにも見える。

「私、何もかも失ってしまって、心細いの。出来ればフレドリックの側に居たいわ」

「……それは出来ない。聖女であるお前を穢《けが》す訳にはいかないからな。心のふれあいは許されても、それ以上は聖女の力を失わせる危険性がある。殿下は未だにお前を妻にしたいと言っておられるからな。間違いがあっては困るのだ」

それ以降、サンドラが何を言っても無言を貫くエヴァンに連れられて行った先は、平民のサンドラには、一生入る事が許されない、白い石で出来た荘厳な神殿だった。

そこでは、白い神官服に身を包んだ壮年の男性が恭しく出迎えてくれていた。サンドラがその男性の後に付いて行くと、エヴァンはぼそりと呟いた。

「サンドラ、お前は本当に聖女なのか？」

◇　◇　◇

幼馴染《おさななじ》みのエレインが学園を追われてから、一ヶ月が過ぎた。

あいつは本人の言っていた通り、あのパーティーの二週間後には屋敷を追い出されてしまっていた。

あれから体調を崩したらしいが、それでも修道院送りにするとはな。あいつの爺《じい》さんは、本当に容赦のない人だ。

あの優しい両親では、爺さんを止めるのは無理だろうな。

あんな事にはなってしまったが、俺個人はエレインに何の恨みも無い。むしろ、幸せそうな殿下とサンドラを見せつけられて、蔑《ないがし》ろにされているあいつに酷く同情していた。

王太子妃となる彼女の側に居たくて、無理を言ってフレドリック殿下の側近候補に入れてもらったというのに、俺は何をしている？　味方をすべきはエレインの方だったのに、彼女を追い詰めてしまった。これでは本末転倒だ。

結局あの噂を流したのは誰なんだ？　エレインが殿下に隠れて俺とも深い仲だという、どこからともなく湧いた二股《ふたまた》疑惑。あれのせいで、あいつの名誉を守る為、近づく事も話す事も出来なくなってしまった。どこかの誰かじゃあるまいし、エレインはそんな女じゃない。

だから早急に手を打って、いかにもサンドラに傾倒しているかのように振る舞い、あいつから離れる事で噂は消えたが、殿下とサンドラの事で悩んでいるであろうあいつの話を聞いてやりたかったのに、肝心な時に何も出来なかった。悩みを聞いてやる事さえ出来れば、サンドラを襲わせようなんて馬鹿な考えを起こさずに済んだかもしれないのに。

王弟殿下の思惑がどのようなものなのかは知らないが、余計な事をしてくれた。あの方がフレドリック殿下に執着しなければ、エレインは変わる事無く、今も清い心のままでいただろうに。

サンドラに嫉妬《しっと》するほど殿下に心を奪われてしまったのか？　大切に扱われていた訳でもあるまいに、女心は理解出来ない。

エレインとは幼い頃、よく一緒に遊んだ仲だった。うちの屋敷の庭で、母の大切なバラや、庭師の手入れした草や花を摘んで花冠を作り、俺は何度も叱られていた。

あの花冠を頭に乗せたあいつは、長い髪が風に舞い、日の光に透けるように輝いて、まるで本物の天使のようだった。照れてはにかむ姿が可愛くて、あの頃の俺は、母に何度叱られようとも、あいつのために花冠を作る事をやめなかった。

あれが俺の初恋だった。

我が家の階段に飾られた、絵画の中の天使に憧《あこが》れた幼い頃の俺は、そのまま絵から抜け出たようなエレインに初めて会った時、雷に打たれたような衝撃を受けた。

その後頻繁に顔を合わせるようになると、彼女の見た目の可愛らしさだけでなく、性格の良さもあいまって、好きになるのはあっという間だった。

しかし明るく振る舞う彼女とはうらはらに、家では祖父からの厳しい躾《しつけ》に耐えている事を知った俺は、足に残る虐待の痕《あと》を見て、自分が守ってやると誓ったのに、それがどうだ、約束を守るどころかこのザマだ。


俺はあのパーティーでの自分の行動が本当に正しかったのかと、今になって疑問を抱き始めていた。いくら聖女への暴行を企てたとはいえ、あそこまでする必要は無かっただろう。

エレインの怯えた顔を見て、正直心が大きく揺れた。だが、そこで惑わされてはいけないと思い、次の瞬間には手に力を込めてしまっていた。あいつは反論こそすれ、何の抵抗もしなかったのに。

エレイン、俺はお前を信じたいのに、なぜ証拠が残るようなやり方をした。あれさえ無ければ、お前を信じる事が出来たというのに。

俺は他の者達のように、サンドラに好意を持っているわけでは無いが、最初に襲撃された時、殺されかけて本気で怯える彼女を見ているせいか、どうしても、あの目を見ると守らなければならないという使命感に突き動かされてしまう。

最初の襲撃はプロの刺客で、間違いなくサンドラを殺す気でかかって来ていた。何とか彼女に怪我を負わせずに済んだが、あの時誰かが近くを通りかからなければ、二人共無事では済まなかっただろう。皆の前では取り逃がしたなどと言ったが、あの男達が逃げてくれなければ、こちらの命が危なかった。

二度目の襲撃は、ただの脅しのつもりだったのか殺気は無く、動きも無駄が多かった事から考えて、エレインは町のゴロツキ達を雇ったのだろう。

しかし今になって考えてみれば、あの大人しい彼女が下町のゴロツキ達と交渉など出来たのかという疑問も残る。

嫉妬に燃える女ならば、そのくらいの事はやってのけるという他の者達の言葉に、あの時は納得してしまったが、はたしてそうなのか？　あの後はもちろんあの男達を捜したが、情報は何も得られず、そのままあの断罪の場であいつを責める材料にされてしまった。

何かが引っかかる。パーティーの数日前に脅し程度の襲撃をさせて、殿下や周りの者達を煽《あお》り、エレインは一体何がしたかったんだ？　一度殺されかけても殿下から離れようとしなかったサンドラが、今更あんな脅しで怯《ひる》むとでも思ったのか？

会場を出ていく瞬間に見せた、あいつの失望に満ちた顔が頭から離れない。あの時はなぜか逆に、こちらが見放されたという気持ちにさせられてしまった。

「あの……エヴァン様、今、お一人ですか？　少しお話ししたい事があるのです」

放課後に、中庭のベンチでぼんやりと一人考え事をしていると、珍しくエレインの友人達が話しかけてきた。確か彼女は、マリア・カルヴァーニ伯爵令嬢。エレインとは特に仲良くしていたはずだ。あいつが居ない今、この俺に改まって何の話がしたいというのだ。エレインを追い詰めた俺を、集団で批難する気か？　ならば、思う存分やってくれ。俺を責めて、殴ってくれても構わない。その程度の事では、エレインにした事は帳消しになどならないが。

「何か？」

「多分、こんな事をしてもエレイン様は喜ばないかと思いますけれど、親友だったあなたは知っておいた方がよろしいかと……」

もったいぶって、何が言いたいんだ？　俺を責めに来たのではないというのか。

「エヴァン様、私達の知っている事実をすべてお話し致します。これをお聞きになった後は、事実確認をするなり、心に留めておくなり、お好きにどうぞ」

「で、話とは、エレインの事か？」

「はい、そちら側でエレイン様がした事になっている嫌がらせは、すべて事実無根です」

マリア・カルヴァーニはこう切り出し、次いでサンドラのドレスが汚れた理由を話し始めた。

彼女達の話が事実ならば、殿下や俺達がサンドラから聞いた話はすべて嘘という事になる。

俺はまさかという思いで話を聞いていた。

聖女であるはずのサンドラが、放課後にエレインのインク壺《つぼ》を盗もうとしていただと？

しかも、エレインはそれを知ってもなお、サンドラを咎《とが》める事も無く、「気に入ったのなら差し上げるわ」と言って、そのインク壷を、新品のインクと一緒に彼女にプレゼントしていたというのだ。

「それが事実だと証明出来るのか？」

「ええ、もちろんです。エレイン様が教室に戻ってくる前から、サンドラさんの行動を見ていた者が何人もおりますわ。全員の名前を言えと仰るなら、喜んでお教えします」

カルヴァーニ伯爵令嬢はにっこりと笑ってそう答えた。

「目撃者は私達を含む数名で、サンドラさんに傾倒していたパウリー子爵令息もその場に居ました」

それは俺も知っている。殿下にサンドラの危機を伝えに来たのが、まさにその男だったからだ。

という事は、我々はあの男に騙《だま》され、利用されたという事か。そしてサンドラは、それをうまく利用して殿下にすり寄った……？

「ならば、なぜあの時そう証言しなかった？」

「あのパーティーの時は、エレイン様ご本人が何も喋《しゃべ》らないでと目で訴えていたから、証言する事を我慢したのです。あの方は、ご自分があのような辛い状況に置かれても、私達の事を巻き込みたくないと心配してくださるような優しいお方なのです。それはエヴァン様もよくご存じのはずでは？」

「ああ、だからこそ理解に苦しむ。それが本当だとしても、暴漢を差し向けた事に変わりない。そっちの方が問題だ」

服を汚す汚さないの話は、はっきり言ってくだらないと思っている。まるで子どもの喧嘩《けんか》だ。その件が冤罪《えんざい》だとしても、襲撃事件はどうだ？　あの男達が持っていた指示書は、確かにエレインの書いたものだった。筆跡を確認したが、俺がもらった手紙の文字と酷似していた。しかもあいつはアルフォードから取り寄せた、珍しい緑がかったブルーのインクを愛用している。あれはこの学園ではあいつの他に誰も使っていない、特殊な物だ。だから間違えようが無い。

「……ちょっと待て、サンドラにインクをやったと言ったな」

「え……ええ」

「では、あいつでなくても、あのブルーのインクで服を汚せたという事になる。それにあの指示書を書く事も可能ではないか？　サンドラは聖女だぞ？　聖女が嘘をついたというのか？」

俺は混乱し、信じていたものがすべてひっくり返されて、考えが上手《うま》く纏《まと》まらなかった。とにかく今言える事は、エレインが犯人だとは言い切れなくなったという事。それは嬉《うれ》しい反面、自分の愚かさに気づかされ、判断を間違えたあの時に戻りたいと強く願わずにいられなかった。

俺は何に惑わされていた？

無条件であいつを信じるべきだったのに！

この時、俺はずっと引っかかっていたものの正体に気づき、死んでしまいたいほどの後悔に押しつぶされた。

「エヴァン様、お顔の色が優れませんが大丈夫ですか？　あなたが何を信じていたのかは知りませんが、私達は真実を伝えるのみ。憶測はそこに含みません。私達はサンドラさんが殿下にあのような訴えを出していた事など、まったく知りませんでした」

「そうですわ。私達とサンドラさんとの間に、いじめなどは存在しませんでしたから。だってすべて、エレイン様が事前に注意してやめさせていたのですもの！」

俺が事実を知り、意気消沈していると、他の令嬢達は今まで我慢していたものを一気に吐き出すかのように、それぞれに言いたい事を言い始めた。

「彼女が訴えていた嫌味だって、言っていたのはあの派手なケイティ様のグループで、エレイン様はそれを窘《たしな》めただけです」

「それも、サンドラさんが殿下に会いに行っている時の話ですのよ？　あの場に居なかったくせに、まるで直接言われたかのような口ぶりでしたわよね？」

「そうそう、彼女が知っているわけないのに、あれは変よ」

これはしばらく話題が尽きそうにないと、いささかウンザリし始めたその時、マリア・カルヴァーニが皆を制止し、エレインが潔白であると言える理由を教えてくれた。

「エヴァン様。この学園内では、私達の誰かが必ず最低でも一人、エレイン様と一緒に行動していました。なぜなら、父にそう指示されていたからです。ですから、一対一で彼女に嫌がらせをする機会は無いのです。それでもやったと言い張るのでしたら、一緒にいた私達も処罰の対象にされなければ、筋が通りません。そう殿下にお伝えいただき、私達全員を退学処分にしてくださいませ」

そうそうたる顔ぶれの、このご令嬢達を一斉に退学になどすれば、学園の評判は地に落ちるだろう。ここは歴代の王が通ってきた由緒正しい学園であり、ここを卒業する事は貴族のステータスにもなる。

しかし、この翌週、彼女達は退学ではなく、転校と言う形で学園を去ってしまった。エレインに肩入れする者は皆、第一王子ウィルフレッド殿下のもとに集結したのである。

そして、俺がサンドラの件を調べ始めた頃、彼女の実家が火事で焼け落ちたとの一報が入った。実際にエレインのインクを持っているのか確認したかったが、インク壷もインク瓶も、焼け跡からは見つける事が出来なかった。

第三章　世の中は広いようで意外と狭い

「なあ、あんた知ってるか？　何週間か前に、聖女様のご実家が火事で全焼したんだとよ。聖女様は外に出ていて無事だったらしいが、家族は全員焼け死んだらしい。小さな弟もいたって話だ。可哀想にな。一番身近な家族には、聖女のご加護は与えられなかったって事か……」

カウンター席で朝食を取っていた宿泊中のお客様達の会話が、ふと耳に入ってきた。いけないと思いつつも、つい聞き耳を立ててしまう。

「ああ、なんでも、えらく貧しい地域に住んでたんだろ？　そんな治安の悪いところに大事な聖女様を置いたままにしとくなんて、この国のお偉いさん達は何を考えてるんだろうな」

「まったくだ。でも今頃はきっと、城で優雅に生活してるんだろうよ。なんたって、この国の王子様が恋人なんだろ？」

「お、あんたもあの祭りに行ったのかい？　俺もその時に劇を見たんだが……ありゃ酷かったな。美化していたが、婚約者のいる王子を聖女が横取りしたか、王子が浮気したかって話じゃないか。聖女が聞いて呆《あき》れるぜ」

参加はしなかったけれど、王宮前広場から延びる大通りでは、聖女の覚醒《かくせい》を祝う祭りが三日間行われた事は知っている。周辺の商業区でもその浮かれた空気に便乗し、大変なお祭り騒ぎだったとか。

　まさかと思うが、二人のなれそめを劇にして、民に披露したという事だろうか？　もしそうなら、それは呆れられても仕方がない。

　おばあ様からの定期便に入っていた兄の手紙に、フレドリック殿下がくだらない劇を催したと書かれていたけれど、もしかしてそれの事？

「……っと、下手な事言うもんじゃないな。女将《おかみ》、ご馳走様《ちそうさま》。王都に来た時はまた来るよ」

「え、あ、はい！　ありがとうございました。またのお越しをお待ちしてます！」

　もう少し今の会話を聞いていたかったのに、お客様達は食事を終え、そのまま荷物を持って出発してしまった。

　それにしても、サンドラの実家が火事？　家族をいっぺんに亡くすだなんて、きっと随分落ち込んでいるのでしょうね。彼女には色々とやられてしまったけれど、それとこれとは別の話。心からご冥福《めいふく》をお祈りします。

「ラナさん！　ツナマヨおにぎり四個お願いしまーす」

「はーい、すぐ作るわ！」

　おにぎりの売れ行きは相変わらず絶好調で、毎朝仕事に行く前に買い求める男性客の列が、チヨの居るフロントカウンターから宿の外まで続くというのが朝の風景となっていた。

そして私は今まで以上に大忙しとなっている。なぜなら、チヨと二人で作っていたおにぎりは、買う側にしたら回復効果に当たり外れがあり、不公平ではないか、とチヨが言い出したのだ。その為今は私が一人で作る事になってしまった。

私は気にしなくてもいいと思うのだけど。前は二人で作っていても、特に何も言われなかったもの。

どんなルールで回復効果が現れるのか、そのうち実験してみるべきかしら。

「チヨ、ツナマヨはこれで完売よ。後は焼鮭と……梅干し、おかかも出来るけど、ご飯の残りが、せいぜいあと五個分くらいしか無いわね」

「もう、ラナさん。その鮭は私達の朝ごはん用だからダメですよー。あ、いらっしゃいませー」

チヨは私に不思議な力があるとわかっても、少しも態度を変えなかった。多分、彼女なりに薄々気づいていたからなのだろう。シンも、もちろんタキも、これまで通りに接してくれる事に、どこかホッとしていた。

もしも私が公爵家の人間だと知られてしまっても、彼らなら平気な気がする。

「えーっと、ですから、それはもう完売なんですよ。ごめんなさい。今出来るのは、梅干しと、おかかです」

「うめぼしってのは、昨日騙《だま》されて買ったスッパイやつだな。あれは食い物じゃない。思い出しただけで唾《つば》が出るぞ。前に見た事があるが、おかかってのも、木の削りカスだろう、もっとまともなのは無いのか？」

「失礼な！　どっちもちゃんとした食べ物ですよ！　嫌なら明日、早めに来てくださいっ」

チヨは自国の食べ物を侮辱されて、頬を膨らまし、相手に食って掛かっていた。

チヨ……。腹が立つのはわかるけれど、感情的になるのは良くないわ。

私はチヨをフォローするために、急いで残りのご飯で作れるだけ梅とおかかのおにぎりを作り、それをすべてフロントカウンターに持って行った。

「いらっしゃいませ。いつもありがとうございます。ごめんなさいね、ツナマヨは売り切れてしまったんです。梅干しはダメですか？　疲労回復には一番効果がありますよ。おかかは、お魚を加工した保存食で、栄養がたっぷり詰まっているんです。どちらも体に良い食べ物ですよ」

にっこりと笑って梅とおかかの良さをアピールしてみる。

するとその少年は、いつもなら出てこないはずの私が厨房《ちゅうぼう》から現れた事で、少し挙動不審になってしまった。まだ話をした事は無いけれど、多分、年は私とチヨの中間くらいで、健康的に日に焼けた気の強そうな男の子だ。

先ほどから気になっているのだけど、後ろに何か隠し持っているみたい。まさか、刃物なんかじゃないわよね？

少年は気まずそうに俯《うつむ》いたかと思えば、バッと隠していた手を前に突き出し、持っていたそれを私の前に差し出した。動きが早すぎて、一瞬それが何なのかわからなかったけれど、チヨを背に庇《かば》うように後ろに下がらせると同時に私の視界に入ったのは、可愛いピンク色の花だった。

「ラッ……ラッ、ラナさん！　これ！　貰《もら》ってくれ！　俺が今仕事で育てている花なんだ。何ていうかその……イメージに、ピッタリだと思って……！」

彼が差し出しているのは、新聞紙に包まれた可愛らしい淡いピンクのガーベラだった。たった一輪だけど、大きな花をつけた立派なもので、差し出す手はプルプルと震え、耳まで真っ赤になっていた。

エヴァン以外の男性から花を貰うのは初めてで、前世も今も、モテたためしのない私には、この状況をどうしたらいいのかわからない。嬉《うれ》しいけれど、すごく恥ずかしい。

そこへ食堂で朝食を済ませたお客様達が微笑ましげに私達を見ながら、ゆっくり部屋に戻っていった。

おかげで更に恥ずかしさが増し、真っ赤になった彼につられて、自分の顔も照れて赤くなっていくのがわかった。

「何よあなた、ラナさんのファンだったの？」

チヨは私の後ろからひょっこり顔を出し、ジトッとした目で彼を見ていた。

「違っ……わない。とにかく、これは俺がラナさんの為に育てた、特別なやつだから。ちゃんと親方にも許可取ってきたから心配ないし。ん、貰ってくれよ」

there has been
lady here, who is
disdainful youth ; If
drop some
his eyes, but

私は彼の手からそっと花を受け取って、その花の可愛らしさに思わず笑みがこぼれた。

「ありがとう。とっても可愛いわ。私、ガーベラが大好きなの」

「へへ、その顔が見れただけで満足だ。他のより色が淡くて、ラナさんみたいだなって思ってたんだ。あー、昼飯どうすっかな……やっぱ、あるやつでいいや。うめぼしは疲労回復に効くんだっけ？　それ二個くれよ」

「毎度ありがとうございます。これ、中身はおかかだけど朝ごはんにどうぞ。お花のお礼です。しっかり食べて、お仕事頑張ってね」

「……ヤバイ、俺今日すっげー頑張れそう……‼」

目をキラキラさせ、頬を染めながら喜びを噛《か》みしめるように呟《つぶや》く彼に、私は軽く微笑んで、おかかのおにぎりを一つ、別に包んで手渡した。会計を済ませて出て行こうとした彼は、思い出したように振り返り、照れ笑いして私を見た。

「俺、まだ名前言ってなかったな。ケビンって呼んでくれ。じゃあ、また明日な」

ケビンと名乗った少年は、満足気な表情で、颯爽《さっそう》と店を出て行ってしまった。

「ねえ、チヨ、ところでこれが私のイメージなの？　私は真っ赤な薔薇《ばら》をイメージしてキツ目にメイクしているのだけど、ケビンにはこう見えているって事なのね」

もらったピンクのガーベラをジッと見ながらチヨに問いかける。

「ええー？　薔薇のイメージじゃないですよ。んー、薔薇だとしても、小さな白い花かピンクの花の付く可愛い品種でしょうね。私も、そのお花はラナさんみたいだなって思います。すごく可愛いですね」

「そう……」

「あれ？　嬉しくないんですか？　多分顔だけじゃなく全体の雰囲気の事を言ってるんだと思いますよ？　明日はこの花をイメージして、もう少し可愛い感じのお化粧にしてみてくださいよ」

自分とは正反対のイメージを作り出そうとしたけれど、性格は変わらないのだから当然と言えば当然か。ずっとこのメイクでやってきたけれど、そろそろ変えても良いかもしれない。せっかく可愛い顔に転生したんだし、もっと自由に楽しむ事にしよう。

「おはよう、ラナさん、チヨちゃん。あ、花を飾ったんだね」

「おはよ。良いじゃん、女の子のオーナーなんだから、それっぽい飾りもあって良いと思うぞ。それになんかその花、オーナーっぽいな」

出勤してきたタキとシンは、今日は表から入って来たかと思えば、すぐにカウンターに飾った花に気づいてくれた。シンまで私っぽいと言うのだから、周りの目にはこう見えているって事なのか。

「おはよう、シン、タキ」

「おはようございます！　二人共、この花どうしたと思います？　さっき、いつもおにぎりを買いに来る男の子がくれたんですよー。真っ赤になっちゃって、二人共すっごく照れてて面白かったんですよー。くふふ」

チヨが面白がって先ほどの出来事を二人に報告すると、二人からは笑顔が消えた。

「へえ」

「ふぅーん、そうなんだ」

あれ？　何だか不穏な空気なんですけど、二人共どうしちゃったの？

◇　◇　◇

翌朝、私はチヨに言われた一言を思い出し、いつものメイクをする途中で筆を持つ手を止めた。

「あっ……」

そうだ、そういえば私、メイクを変えるつもりだったのに、いつも通りに黒のリキッドアイライナーで目の周りをぐるっと囲ってしまうところだったわ。これでキツイ印象を作ったつもりだったけど、意味が無いならこの顔を最大限に生かすメイクに挑戦したいと思っていたんだった。

多分急激な変化は皆が戸惑ってしまいそうだから、段階を踏んで今日のところは黒のペンシルアイライナーを使ってラインをぼかして、口紅は赤黒いものをやめて薄めの赤を使おう。

プロのメイクアップアーティストか、と突っ込みを入れたくなるような立派なメイクボックスの中には、アルフォードで新製品が出るたびに送られてくる化粧品がぎっしり詰まっている。と言っても、前世の世界ほど種類が豊富な訳ではなく、この箱に入りきる程度の種類しかないのだけど。

「うん、良い感じ。口紅の色を変えるだけでも、印象って変わるものね。うん、目の周りがくっきりし過ぎてない方が似合ってる。これで決まりね」

身支度を終えて、かまどに火を起こしに向かうと、チヨも、大きなあくびをしながら部屋から出て来たところだった。


チヨの部屋は、この間まで前のオーナーの時から借りていた二階の客室をそのまま使っていたのだけれど、彼女は帳簿を睨《にら》みながら、「もう一部屋分儲《もう》けられるのにもったいない！」と言って、突然カウンター横の扉を開けて、物置となっているその場所を使うと言い出した。

中に詰め込まれていたのは、いつの物かも定かでないカビた帳簿や大昔の備品など。不用品は処分して、残りは綺麗《きれい》にして屋根裏部屋と地下倉庫に移すという大仕事だったけれど、物置は思ったより広く、棚に隠されていた窓も使えるようになり、四畳半ほどの物置はチヨの部屋にされたのだ。

食堂に来るお客様には、大工さんや家具職人などが多くいて、カビだらけだった物置は、彼らの善意でこの宿で一番綺麗な部屋に作り変えられた。

「はぁー、快適快適。おはようございます、ラナさん！」

「おはよう、チヨ。新しい部屋には慣れた？」

「はい！　お客様の呼び鈴にもすぐに対応出来るし、最高です。そうだ、昨日《きのう》の……」

かまどに火を入れて振り返った私を見たチヨは、目をパチパチさせて、さらには両目を擦り、じーっと私の顔を凝視した。

「チヨ？　昨日あなたに言われた通り、メイクを変えてみたのだけど、どう？」

「良いです、良いです！　その方がイメージ通りですよ！　わあー、早く皆に見せたいなー。きっとまたお客様が増えますね。ふっふっふ」

なるほど。昨日は何気ない会話から出て来た提案だと思っていたけど、それが狙いだったのね。最近のチヨは、やけに儲けに拘《こだわ》っているように感じる。何か目標でもあるのかしら。

「今日はご飯を炊くのと具を用意するのは私がしますね。昨日は全部ラナさんにやってもらいましたけど、どんな違いがあるのか調べたいんですよね？」

「ええ、昨日のおにぎりの残りは、お昼にシンとタキに食べてもらって効果絶大だってわかったけれど、今日はチヨに実験用に二つ作ってほしいの。何も教えないで二人に食べてもらって、それでも効果が出たと言われたら、今まで通り二人で作っても大丈夫だって事でしょう？」

チヨは目を輝かせて何度も頷《うなず》いた。

「すっごく面白そうですね！　前は私が一人で作ったのには効果が出ないって言われてしまいましたけど、もしも今回効果が出たら、ラナさんが近くに居るだけで良いって事になりませんか？　あれ？　良く考えたら、シンが作った料理でも、皆さん知らずに癒されてるって事ですよね？　そうなってくると、ラナさんの力だって事を誰にも気づかれずに済みますね。ふむふむ」

チヨは話をしながらも、おにぎりを作る準備をパッパと手際よく進め、ご飯が炊けるのを待つ間に、和の国の文字でこの実験結果を纏《まと》める表を書き始めた。効果が出れば丸、出なければバツ印を書き込めるようにしたようだ。

　その表には、おにぎりだけではなく、水、声かけ、という項目も追加されていた。

「チヨ、この、水ってなあに？」

「これですか？　ほら、大分前の事ですけど、お金を無くして飲まず食わずで国境を越えてきた旅人さんに、外で掃除してたラナさんがお水をあげた事があったじゃないですか。あの人、コップ一杯の水を飲んだだけでみるみる元気になりましたよね？」

　言われてみれば、そんな事もあったけれど、カラカラに渇いた喉《のど》を、冷たい水で潤したのだから、そうなったとしても不思議ではないと思うわ。

「あの人は極限まで喉が渇いていたのよ」

「でも、調べてみる価値はあります。因みに、この声かけっていうのは、昨日のケビンにしたような、声援を送るだけでも効果が出るのかを調べる為のものです」

「ふふっ、言葉が力を持つって考えは、和の国にもあるのね。たしか言霊だったと思うけれど、良い言葉を発すれば良い事が起き……」

「悪い言葉を発すれば悪い事が起きる！　ラナさん、この国でも同じ考え方をしてるんですね。すごく親近感が湧きました」

　いいえ。残念ながらこの国にそんな考え方をする人は居ないわ。これは前世の記憶にある、ネットか何かで知っただけの知識だもの。それも、そんなに興味が無かったから、曖昧《あいまい》な知識しかないのよ。もっときちんと読んでおけば良かった。その頃の私は、呪文を言って効果が出るって、こういう事なのかな、とか考えていた気がする。

「さあ、今日もたくさん売りましょうね！　ふっふっふ、ツナをいっぱい用意しましたから、ケビンにも買えますよ」

前もってツナマヨおにぎりを大量に作っておき、オープンを知らせるために扉を開けると、列の先頭にケビンが立っていた。

「あっ、ケビン。おはようございます。どうぞ入ってください。ツナマヨですよね、いくつ欲しいですか？」

「おはよ……ツナ二つ、梅三つ。昨日は悪かったな、梅干しは食い物じゃないなんて言って。あれは立派な食べ物だった。食ったら疲れなんか吹っ飛んで、午後の仕事がすっげー捗《はかど》ったんだ。で、今日は親方にも頼まれた」

チヨはケビンに認められた事が相当嬉しかったのだろう。満面の笑みでそれに答えた。

「そうですか、わかれば良いんです、わかれば。ラナさーん！　梅三つお願いしまーす」

「はーい」

フロントカウンターからケビンの声が聞こえて、私は作った梅おにぎりを持って挨拶《あいさつ》しようと顔を出した。

「おはよう、ケビン。今日は早いのね。梅の良さをわかってもらえたみたいで、嬉しいわ」

私の顔を見たケビンは目を見開き、はわはわと言葉にならない何かを呟いたかと思えば、ブワッと耳まで赤くなった。後ろに並んでいた他のお客様達も、ポカンと口を開けていたり、ケビンのように赤くなる人がいたり、ちょっと化粧を変えただけで、様々な反応が返ってきた。

そしてチヨはそんな彼らを見て、ニヤリと黒い笑みを浮かべている。

「おは、おはよう……ございますっ。ラナさん、今日はいつもと何か違う。何て言うか、その、かわ……」

「混んでるから、話はまた今度にしてくださいね。ラナさん、梅追加で、ちょっと多めに作っておいてください」

チヨはケビンの言葉をぶった切り、効率よく客をまわす方を優先させた。決してヤキモチを焼いた訳ではないと思う。多分。

「わかったわ。ケビン、今日もお仕事頑張ってね。親方さんにも、よろしくね。今度お食事に来ていただけたら嬉しいわ」

「はい……！　伝えます！　うわー、今日もすげー力が湧いてきたっ」

ケビンが会計を済ませた後、次の客の注文を聞くと、梅を注文する人が最後まで続いた。どうやらケビンが話していたのを聞いていたのか、皆試しに一つ買っていく事にしたらしい。

初めて買う人には、梅干しは物凄《ものすご》くスッパイ物だと予め説明したものの、期待はずれにならないか少し心配になってしまった。

「いい宣伝になりましたね。梅が一番原価が安いし、手間がかかりません。漬けてさえしまえば、後は一番楽ですよね。酸っぱさを軽減するのに、今日ははちみつで漬けた物を出しましたから、きっと大丈夫です」

「昨日のケビンの反応を見て、はちみつ漬けを作っておいて良かったわね」

チヨと味見をしてみたけれど、そのままよりもかなりマイルドになっていた。これなら行けると踏んで早速販売したけれど、やっぱりまだ不安は残る。

「ラナさん、この国の人達の口に合うように工夫すれば、あんな風に、梅干しも受け入れてもらえるかもしれませんね」

「ええ、そうだと良いのだけど」

「きっと大丈夫です。味噌《みそ》と醤油《しょうゆ》も、ラナさんの料理のおかげで今ではすっかり馴染《なじ》んでますよね。それで早くも私の目標は半分達成出来たようなものです。ありがとうございます。ハッキリ言って一人では無理でした。改めて言うのは照れますけど、ラナさんにはいつも本当に感謝してるんです」

チヨが突然改まってお礼なんか言い出すものだから、なんだか目頭が熱くなってしまった。

「なぁに？　もう、大げさよ」

しかし今回の機転が功を奏し、疲労回復に効果絶大な食品として、この国で梅干しブームが到来するとは、この時は考えもしなかった。


「おはよう、ラナさん、チヨちゃん」

「おーっす」

今日は裏からタキとシンが入って来た。

エプロンの紐《ひも》を結びながら、私とチヨの居るフロントカウンターの方へとやって来た二人は、私の顔を見るなり、シンはケビンとまったく同じ反応を見せて立ち止まり、タキは目を輝かせて早足で私の前まで来ると、こちらがドキッとするような微笑みを浮かべた。

「いいね。この方が自然だし、すごく可愛いと思うよ」

「ありがとう。男性に可愛いって言われたの、家族以外で初めてよ」

ストレートに気持ちを伝えてくれるタキのお陰で、少しだけ女の子としての喜びを知った気がした。

婚約者にも可愛いと言われた事が無く、もちろん、他の貴族男性には見向きもされなかった私に、そんな事を言ってくれる人が居るはずもなく、エヴァンだって、可愛いドレスを着て見せた時や、花冠をくれた時も眩《まぶ》しそうに私を見つめるだけで、言葉に出してはくれなかった。

「可愛い」という、たった一言が、こんなにも女性としての自分に自信を与えてくれるだなんて、知らなかった。

照れ笑いする私の目からは、いつのまにか涙がこぼれていた。顔をそむけて慌てて涙を拭《ぬぐ》ったけれど、タキとチヨには見られてしまったらしい。心配そうに顔を覗《のぞ》き込んできた。

「え、ラナさんどうしたんですか？　大丈夫です？」

「やだごめん……何でもないの。恥ずかしいわ……嬉《うれ》しくて勝手に出てしまったみたい。気にしないでね。さあ、仕事を始めましょう」

突然泣いたりして、皆を驚かせてしまったみたい。それだけここでは気を許している証拠だわ。私、誰かに褒めてほしかったのかしら……？　よくわからない。

この日は珍しく、いつもなら黙々と仕事をするシンが、スッと私の隣に来て話しかけてきた。

「お前、可愛いって言われた事無いのか？」

「ええ。この通り、この国の美人の条件からはかけ離れているもの」

「あー……そんな事ないぞ。お前は可愛い。だから自信持て」

シンは私の背中をポンと叩《たた》き、耳を真っ赤に染めて作業を再開した。私も頬に熱が集まるのを感じつつ、まさか、あのクールで無口なシンの口から、そんな言葉が出るとは思わず、目をパチクリさせた。

「あの……ありがとう」

シンはこちらを見ずに片手を上げて、冷やかすタキに蹴《け》りを入れていた。

いい人達。チヨに出会えてから、私の人生は良い方向に向かってる気がする。

まあ、婚約破棄された時は嫌な思いもしたけれど、この生活を手に入れる為に必要な試練だったと思えば、別にどうって事ない。

実験結果は、チヨが作ったものでも、ある程度回復効果がみられる事がわかった。

具体的な数値は不明だけれど、ぐったりするほど疲れていても、普通に戻る感じ、とシンは言っている。それに対し、私の作った物を食べると、体力は完全に回復して、やる気も出る、という事だった。

シン達は私が作ったと信じて食べたから、プラシーボ効果を疑ったけれど、後日ケビンにチヨが作るところを見せても、結果は同じだった。

チヨの書いた表には丸が付き、声かけという曖昧な項目も、なぜか丸が付けられた。ケビンは本当に体が軽くなるとチヨに言ったらしい。

シンとタキで試してみようかしら。流石《さすが》にそれは気持ちの問題だと思うけれど。

◇◇◇

昨日、和の国から船が到着したと知らせが入り、私はラナさんに一言断って、港に来ています。

仕入れは私の仕事です。

実家からは味噌や醤油の他にも、今は様々な食材を仕入れていて、きちんと注文通りに届いているのか、検品して荷を引き取る為に、毎回出向いている訳です。もしも品質が悪かったり、頼んだよりも多かったりすれば、私は容赦なくその場で返品します。実家の商品でもダメなものはダメ。でも今日は、特に問題無いみたいです。注文通りに商品が揃《そろ》っている事を確認し、宿木《やどりぎ》亭で雇っている荷馬車に積んで、先に宿に向けて出発させました。

今日はこの後、話題のお菓子を買いに中央区に行くんです。出かける時にラナさんに買ってきてと頼まれたんですけど、たぶん、私に息抜きをさせるのが目的なんだろうな、と思います。

女の子に人気の可愛い服屋や雑貨店が並ぶ通りに、そのお菓子屋さんはあるらしいです。「何か欲しい物があれば、買ってらっしゃい」と言って、お小遣いまで渡されました。

私は仕事を早く済ませて、今すぐ買い物に行きたいのに、手代の佐吉に引き留められています。

実家の手代が船に乗って来るのはいつもの事だけど、私に何か言いたい事があるみたいです。

「チヨお嬢さん、旦那《だんな》様から手紙を預かって来ました。鳴田屋の政市さんとの縁談は、あちらの都合で無くなりましたから、もう戻ってきてはどうですか？」

手代の佐吉の言葉に、私は首を横に振り、前回と同じ返事をします。

「はじめは政市さんとの縁談が嫌で飛び出したけど、知っての通り、商売は順調だし、今は任された仕事にやりがいを感じてるの。だから私は帰るつもりはありません。両親にもそう伝えてください」

父はこの一年、食材などの仕入れに協力してくれているけど、母の方は女の子の幸せは結婚して子を産む事だと信じていて、私にも自分と同じく苦労の少ない人生を歩ませようとしています。

知人も居ない外国で、私が一人で苦労してると思っているんです。素敵な仲間と楽しく過ごしていると手紙を書いても、私が意地になっていると勘違いして、どうにも信じられないみたいです。

縁談相手の政市さんは十歳も年上の遊び人で、うちよりも大きな店の跡取りだというのに、花町での女遊びが激しく、家の事は親と弟に任せきりという、ろくでなし。

相手がしっかり者なら十五の年にお嫁に行く事も考えられたけど、私は絶対に嫌だと言って逃げ回り、父に頼んでうちの船に乗せてもらったのが一年前。

父もあんな男に嫁がせるのは忍びなかったようで、断りにくい相手だけに、一人で大陸へ渡り、商売の勉強をしに行ったという事にして、まだ十二歳だった私との縁談は保留にしてもらいました。

それとは関係なく、元々私にはやりたい事があるんです。味噌《みそ》や醤油《しょうゆ》の美味《おい》しさを、この大陸に広めるのが小さい頃からの夢でした。

この国で結果を出せば、母も諦《あきら》めてくれるんじゃないかと思って、今、頑張っている最中なんです。戻ったところで、別の誰かに嫁がされてしまうだけだろうし。今無責任にここを離れて、みんなに迷惑をかけたくない。

それに私は小さい頃からの夢の他に、ラナさんとの出会いで挑戦したい新たな夢を見つけてしまったんです。未来を読む力は私には無いけど、ラナさん達と一緒なら、その夢はいつか叶《かな》う気がします。

そういえば、ラナさんに初めて出会った時、とっても綺麗《きれい》な人だと思って見ていれば、おにぎりを口いっぱいに頬張って、ボロボロと涙を流す変な人だった。でも本当は、あの派手な見た目とは違って、とても親しみの持てる人なんです。知り合ったばかりのこんな子どもと商売を始める大胆さには、正直驚いてしまいましたけど。

手代の佐吉は懐から手紙を出し、それを私に手渡すと、頭を下げて船に乗り込んだ。

「あ！　忘れてた」

そういえば、両親と私との間に挟まれた佐吉に申し訳ないと思って、お詫《わ》びにラナさんの握ったおにぎりを持って来たのに、うっかり渡しそびれてしまった。次に来た時は、宿まで食事しに来てもらおう。どんな生活を送っているのか、実際に目で見て報告してもらった方が早いわよね。

◇◇◇

港を離れて辻馬車《つじばしゃ》に乗り、中央区へ移動して、頼まれていたお菓子を買う為に歩いて店に向かう途中、前方から走って来た少年に体当たりされ、小さな私は弾かれるように壁に激突しました。

「ひゃぁっ、痛ったー、何、今の？」

その瞬間、大事に抱えていたお金の入った鞄《かばん》が手から消えている事に気が付いて、咄嗟《とっさ》に大声で叫んでいました。

「泥棒ー‼　その男の子、誰か捕まえて！　泥棒です！」

少年は走りながら振り返り、私を馬鹿にするように舌を出して見せ、余裕で逃げ去ろうとしましたが、彼の行く手には大きな男の人が立っていました。その人は少年の首根っこをガシッと掴《つか》んで持ち上げると、難なく私の鞄を取り返してくれたんです。

スリの少年は巡回中の兵士に引き渡され、暴れながらどこかへ連れて行かれてしまいました。気をつけていたつもりだけど、この辺りは、宿の周辺と違って少々治安が悪いのかな。

「ありがとうございました！　助かりました。あ、そうだ、何かお礼を……」

「いや、大した事はしてない。それより、怪我をしたんじゃないのか？」

私の事より、あなたの方が心配です。喧嘩《けんか》でもしたんでしょうか？　顔が痣《あざ》だらけで、口の端も切れているし、目も腫《は》れているみたいです。きっと元はカッコいい人だと思うけど、男前が台無しですね。

「大丈夫です。お使いを頼まれているんで、行きますね」

「ああ、気をつけてな。どこまで行くんだ？」

「ジェノス通りの、ポロンってお菓子屋さんまでです」

「お前一人で、そんなところまで行くのか？　母親は一緒じゃないようだが、また引ったくりにでも遭ったら大変だ。俺が連れて行ってやろうか」

どうやら私を小さな子どもだと思ってるみたい。やっぱり何かお礼をしたいし、道もそんなに詳しいわけじゃないから、連れて行ってもらおうかな。

ちょっと厳《いか》ついけど悪い人には見えないし、高級そうな服を着て、身形《みなり》もきちんとしているから、この人はきっと貴族よね。普通に話しちゃってるけど、お高く留まってなくて、ちょっとだけ出会った頃のラナさんみたい。

「いいんですか？　じゃあ、買ったお菓子をおすそ分けさせてください」

「フッ、別に、そんな気にする事じゃない。俺もそっちに行く用事があるんだ」

そのお兄さんは、私より三十センチ以上背が高くて、とっても逞《たくま》しいから、騎士様かもしれない。顔は今、哀れなくらいぼこぼこだけど、綺麗に治ったらどんな顔かな。


騎士様の後に付いてお菓子屋さんのある通りまで移動すると、そこは貴族と思われる女の子がたくさん歩いていて、華やかで、とってもいい匂いがした。

ラナさんが作ってくれたワンピースは、この中に入っても見劣りしない物で、誰も私を変に思わないみたいです。

「ここだな。買い物が済んだら、家まで送ってやろう。それとも、どこかに馬車を待たせているのか？」

「ふふっ、帰りは大丈夫です。用事があるんですよね？　ここまで送ってくれて、ありがとうございました。そうだ、これ……」

他の人に渡そうとしたもので悪いと思いつつ、鞄に入っていたおにぎりの包みを差し出した。

「これは？」

「おにぎりです。元気になりますよ。怪我だって治っちゃうかもしれません。って言うのは冗談ですけど、元気になるのは本当です。親切にしてもらったし、何かお返ししないと気がすまない性分で。よかったら貰《もら》ってください」

騎士様は包みを受け取って、ニカッと笑ってみせようとしたけど、傷が痛かったみたいです。笑顔を作るのに失敗して、眉《まゆ》を下げて苦笑いしました。

「珍しいものをありがとう、気をつけて帰るんだぞ」

「はい、さようなら」


ラナさんに頼まれたお菓子は、何で色付けしたのか見当もつかない、カラフルなクリームの載った一口サイズのカップケーキで、店内には甘ーい匂いが充満していました。

貴族のお嬢様にでも頼まれたのかな、と思われる男性客が、一生懸命選んでいる姿がなんとも微笑《ほほえ》ましいです。

ケーキを買って、近くの雑貨屋さんを覗《のぞ》いた私は、可愛いリボンを色違いで二本買い、水色の方をラナさんへのお土産に、エンジ色の方を自分用にしました。喜んでくれると良いな。

「只今《ただいま》帰りましたー！　ラナさん、このお菓子、すっごい色ですけど、美味しいんですか？」

「ふふっ、おかえり、チヨ。早かったのね、もっとゆっくり散策してきても良かったのに」

「あ、それより聞いてくださいよー。実は今日、引ったくりに遭いましてー、すごく素敵な騎士様に助けてもらったんです」

引ったくりという言葉にラナさんは顔色を変えたけど、近くにいた男性に助けてもらった事や、親切に店まで送ってくれた事などを説明すると、少しホッとしてくれました。それでも心配したラナさんは、次からはシンに同行させると言って聞きません。寄り道せずに、荷馬車で行って帰って来るだけなら、全然大丈夫なのに。

騎士様、おにぎり食べてくれたかな。

あ……見ず知らずの女の子に貰った食べ物なんて、貴族の人は普通食べないか。

◇　◇　◇

私、目がおかしくなったのかしら？　こんな所に来るはずの無い人が見えるのだけど……？　外でチヨが楽しそうに話している男性……ここからでは顔は見えないけれど、あの後ろ姿、あれってもしかして……。

ランチタイムを前に、外を掃除していたチヨが誰かと楽しげに話をしているのが目に留まり、私はそれが誰なのか気になって、仕事の手を止めてしまっていた。

「ラナさん！　今すぐ、おにぎりを作る事は出来ませんか？　この時間ならランチ用のご飯は炊きあがってますよね？」

チヨは勢い良くドアを開けて中に入って来たかと思えば、そのままの勢いでカウンターに体を乗り上げ、満面の笑みで厨房《ちゅうぼう》に居る私に声を掛けた。

「中身は何でも良いんですけど、出来れば違う味で三つ！　外を見てください、見えますか？　ほら、昨日お話しした私を助けてくれた騎士様です！　わざわざ人に聞いてここまで買いに来てくれたんですよ！」

「まあ……」

私はチヨの勢いに押されつつ、その行儀の悪さに呆《あき》れてしまった。

「宿の場所は教えなかったのに、おにぎりって名前だけでわかっちゃうなんて、すごくないですか？　この宿の名物が有名になってきた証拠ですよね！」

その人が訪ねて来てくれた事が相当嬉《うれ》しいのだろう。チヨは目を輝かせて興奮気味に頬を赤らめ、早口で捲《まく》し立てた。

「チヨちゃん、準備中でお客様が居ないと言っても、それはちょっと行儀が悪いよ」

「何だアイツ、浮かれ過ぎだろ」

タキはチヨを窘めるように声をかけたが耳には届かず、シンもチヨに呆れてボソッと呟《つぶや》いた。

厨房からでは、外に立っている男性がよく見えない。

もし彼だとして、学校はどうしたのだろうか？　今日は平日だし、あの真面目な性格でサボるとも思えない。だからきっと私の思い過ごしだろう。そう結論付けた。

私はランチメニューとして作った甘辛い焼肉と、焼鮭、細く切った昆布の佃煮《つくだに》でおにぎりを作り、チヨに渡した。焼肉を入れたおにぎりなら、前世で食べた事があるので美味しいのは間違いない。ボリュームもあって、男性なら喜んでくれると思う。

「はい、お待たせ。今すぐって言うから、普段なら入れないものも入ってるわ。右から、焼肉、焼鮭、昆布の佃煮。チヨ、ごめんね。本当は私がお礼をしに行くべきだけど忙しくて手が離せないの。あなたから改めてお礼を伝えてね」

「はい、わかりました！」

チヨは駆け足で外に出ると、宿の前で待っていた男性に包みを手渡した。男性は代金を支払って、何かチヨに言葉をかけた後、意外なほどあっさり帰ってしまった。

本当におにぎりを気に入って、ここまで買いに来ただけだったようね。チヨに何か下心があって探し当てたのだとしたら、一言言わなくちゃと思っていたけど、どうやら杞憂《きゆう》だったみたい。

チヨを助けてくれた紳士に対して、失礼な事を考えてしまったわ。

「オーナー、チヨのやつ、大丈夫なのか？　あいつは騎士様とか呼んでたけど、ちょっと舞い上がり過ぎだろ。変な男に入れあげて、騙《だま》されたりしないか心配だな」

シンはチヨを妹のように思っているのか、妹を心配する兄の顔になっている。

ここへ来たばかりの頃のシンは、本当に一匹狼のように無口で感情の読めない人だったけれど、タキが回復してからすっかり変わってしまった。もちろんそれは、良い方に。

「話に聞く限りではとっても紳士的な方のように思うけれど。会ってお礼を言いたかったわ。こんな時間帯でなければ、どんな方なのか見に行ったのだけど。でも、おにぎりがお気に召したのなら、また来てくださるでしょう。その時は、タキの目で見てもらうわ」

「うん。僕が見れば、善人か悪人か、ひと目でわかるよ。でもまあ、チヨちゃんは人を見る目は確かだと思うけどね。ここの従業員達を見れば、わかるだろ？」

確かに、誰一人として嫌な子はいない。それに厨房以外は若い女の子ばかりだというのに、一度もトラブルは起きていない。シンにしても、チヨ的には初めの印象は最悪だったと聞いていたけど、心を開けばすごく面倒見が良くて優しい人だった。

「確かにあの子、人を見る目があるわ」

「おいおい、チヨは一応女の子なんだから、そこは警戒しようぜ。オーナーも、下手に関わろうとするなよ。どんな奴かわかったもんじゃない。本当に騎士だとすれば、むこうは貴族だろ？　お前が目を付けられたら面倒だ。……それからその手、早く冷やせ。真っ赤じゃないか」

炊きたて熱々のご飯を握ったせいで、本当に真っ赤になっていた。熱いご飯を握るのは毎朝の事だし気にしていなかったけど、これはちょっとまずいかな。

「あ……大丈夫よ、後で冷やすわ。これを作ってしまわないと、間に合わないもの」

シンは特に男性客に関して心配し過ぎな気もするけれど、私の危機管理能力の無さはおじい様にも指摘された通り。だけどこの商売をしていれば、お客様を選り好みは出来ないし、いつかは嫌なお客様も来るだろう。

私はオーナーとして、そんな相手とも対峙《たいじ》しなくてはならないと思っている。

「ラナさん、ランチの準備で忙しい時に、余計な仕事をさせてしまって、すみませんでした。騎士様に叱られてしまいました。まだ準備中なのに、厨房の人に無理を言って作らせたなら、やめてほしかったって……」

チヨはしょんぼりして戻ってきたと思えば、いきなり私に謝罪してきた。

「何だよ、その騎士様に言われて作らせたんじゃなかったのか？」

「違います……準備中なら出直すって、そのまま帰ろうとしたので、私が勝手に判断して、大丈夫だからって引き留めたんです。でもそれで逆に気を遣わせてしまって、時間外に作らせて申し訳ない事をしたって、倍以上の代金を渡されてしまいました」

チヨの手には、渡されたおにぎりの代金が載せられていた。特別扱いした事で相手に呆れられてしまったと、とても後悔しているようだ。

「こんなの多過ぎます。差額をお返ししたいです。でも名前も知らなくて、どこに行けば会えるのかわからないんです」

それはダメだわ。男のメンツ丸潰《まるつぶ》れじゃない。多い分はチップのようなものだと思えば良いのに。

「チヨ、一度支払ったお金を返されたら、相手の方は気分を害してしまうわ。あのおにぎりの代金として、その方はそれが妥当と判断されたのだから、今回は素直に受け取りなさい。私も迂闊《うかつ》だったわ。特別扱いを喜ぶ人もいるけれど、その方はとっても真面目な方だったのね。次にいらした時にでも、何かサービスしてさしあげれば？」

「でも……私に呆れて、もう来てくれないかもしれません」

あと三十分でランチタイムが始まってしまう。私はチヨの話を聞きながら、パッパと料理を仕上げていき、それをタキに運んでもらっていると、シンが突然怒鳴り声を上げた。

「チヨ！　ウジウジすんな！　お前はそんなタイプじゃないだろうが！　時間がねえってわかってるくせに、オーナーの邪魔ばっかしてんじゃねーよ！　さっさと自分の仕事に戻れ！　話は後で聞いてやるから」

シンの言う事はもっともだけど、もっと優しく言えないのかしら。チヨはしっかり者だから忘れてしまいがちだけど、まだ十三歳の子どもなのよ。

「兄さん、チヨちゃんがビックリしてるよ。チヨちゃん、今日はラナさんと一緒に昼休憩に入って、じっくり話を聞いてもらいなよ」

「……はい。厨房の邪魔をしてごめんなさい」

チヨはとぼとぼとフロントに戻り、お金をレジに入れると、溜息《ためいき》を吐《つ》いて帳簿に記入し始めた。

私は先に休憩に行って良いという二人に甘えて、チヨを連れて私の部屋に行き、お昼を食べながら話を聞く事にした。話を聞いていると、何だか無性に懐かしい感覚が蘇《よみがえ》ってきた。前世の自分が中学生だった頃、友人にこんな子がいた気がする。私は専ら話を聞く係だったけれど。

恋に恋するお年頃。

まさしく今のチヨがそんな年頃だ。助けてくれた素敵な騎士との出会いに、ちょっと浮かれてしまっているみたい。そしてその人が自分を訪ねて来てくれたのでは、舞い上がっても仕方がないだろう。

一体どれだけ素敵な方だったのかしら。

「うちの商品を気に入ってくれたのなら、また買いに来てくださるわ。お名前はお聞きしたの？」

「いいえ、聞いてません」

ああ、そうだった、さっき名前も知らないと言ってたわね。名前がわかれば、貴族であれば誰なのかわかったかもしれないけど、名乗り合う余裕もなかったのね。

「昨日は詳しく聞かなかったけれど、どんな人なの？　見た目は？」

「えーっと、シンより背が高くて、がっしりしていて、年はラナさん位だと思います。あと、最近喧嘩《けんか》でもしたのか、顔が痣《あざ》だらけでした。だからおにぎりで元気を出してもらおうと思ったんです」

これを聞いて、兄の手紙に書かれていた内容を思い出した。それにさっきのうしろ姿。なんだか嫌な予感がした。

これで目の色がグレーなら、予感的中だわ。

「チヨ、目の色は何色だったか覚えている？」

「目の色……ですか？　黒っぽく見えたけど、日に当たるとねずみ色でした」

エヴァン……？　やっぱりあそこに立っていたのは、あなただったのね。でもどうして？　これは偶然？　まさか、私を捜しているわけではないわよね。

あれからしばらくしてうちへ謝罪に行ったようだけれど、あなたが何をしたいのかわからない。兄の手紙には、黙っておじい様に殴られていたとあったから、きっと何かしらの心境の変化があったのでしょうけど。

無実の罪で学園を追われ、公爵家からも離れた私は、もうあなた方とは無関係のはず。邪魔な私を排除して、希望通りになったのでしょう？　もう会う事は無いと思っていたのに、この広い王都の中で、偶然再会するなんてどんな確率なのよ。庶民の食べ物になんか、興味もないくせに。

「ラナさん、どうしたんですか？　何だか怖い顔です」

「っ……なんでもないわ。チヨ、その方に幻想を抱くのはやめなさい。一度親切にしてくれたからといって、良い人とは限らないわ」

「どうしちゃったんです？　そんな事言うなんて、ラナさんらしくありません。私、あの人は良い人だと思います。目を見ればわかります！」

……目を？　あの冷たいグレーの目に見下ろされたあの日の事が、今でも脳裏に焼きついている。彼を信じていたからこそ、心が痛い。

「そう、私は忠告したわよ」

今この場で、エヴァンとはもう会うなと言う事は出来る。でも、障害があるほど相手の事が気になって、好きになってしまうかもしれない。今は下手に触れない方が良いような気がする。

前世も今も、自分には恋愛経験が無いものだから、良くわからないわ。チヨのこれが、恋なのかも定かでないし、本人もまだわかってないでしょうね。

彼が弱い者に優しいのは知っているわ。小さなチヨにどう親切にしたのかも、容易《たやす》く想像出来る。

お願いだからもう来ないで。

もし来ても、私は知らん顔するわよ。

だって、エレインは修道院に入ったのだから。

ここにいる私は、宿屋の女将、ラナ。あなたなんか、知らないわ。

◇　◇　◇

また来た。

今度はきちんと朝の営業の時間帯だけど……。一目で貴族とわかる服装で現れるのは勘弁してほしいわ。貴族御用達の食堂として箔《はく》は付くかもしれないけれど、同時に来たお客様が気後れしてるじゃない。

そして私からおにぎりを受け取るチヨは満面の笑み。エヴァンは他の客達に先を譲り、誰も居なくなったところでチヨの前に立った。

「いらっしゃいませ！　この間はすみませんでした。また来ていただけて嬉しいです！」

チヨの声は心持ち高くなり、他の客への態度とは明らかに違った。本人は無自覚だろうけれど、来てくれて嬉しい！　が、溢《あふ》れ出てしまっている。

「今日は何にしますか？　メニューはこちらです。おすすめは、新商品の肉味噌《にくみそ》ですっ。これはおにぎりじゃなくて、海苔《のり》巻《ま》きなんですよ。こう、海苔をクルクルっとですね――」

チヨは舞い上がり、海苔巻きについて説明し始めた。

本日のメニューは定番の梅、焼鮭、おかか、ツナマヨ。あとは、新メニューの肉味噌。この前はエヴァンの為（とは知らず）に焼肉を入れてあげたけれど、もしも温かいうちに食べなかったとしたら、あの肉の脂は冷えると白く固まるから、さぞや不味いおにぎりだった事だろう。私とした事が、それを伝えるのをすっかり忘れていた。

その失敗を踏まえて、脂身をカットして、赤身肉だけをミンチにしたピリ辛肉味噌の海苔巻きを試作してシンに食べてもらったのだけど、それはもう大好評だった。

ごま油とにんにくとネギで香り付けした肉味噌は、肉体労働をする人達にはぴったりだと思う。それには彩りと食感を考えて、ごま油で炒《いた》めた千切りの人参と、細く切ったキュウリも入れてある。体力回復効果とは別に、スタミナも付けてほしいものね。

売る時は一本そのままではなく、半分に切る事にした。それをキャンディのように包装紙で包めば、手も汚れないし、多分おにぎりよりも食べやすいと思う。

本当は、たらこや筋子や明太子が恋しい。イクラ丼も食べたい。でもきちんとした冷蔵庫が無いと、保存が難しいかな、と思って躊躇《ちゅうちょ》してしまう。

イクラのしょうゆ漬けなら半日ほどで簡単に作る事は出来るけど、衛生管理も確実ではないこの世界で、もしも食中毒なんか起こしたら大変だ。

それでもこの国では魚卵を食べる習慣が無いから、捨てられて勿体《もったい》無いなとはいつも思っているのだけど。

ここの地下の食品庫は涼しくても、残念ながら前世の冷蔵庫ほどでは無い。大きなレストランやホテルには立派な冷蔵庫があって、恐らく庫内を氷で冷やすというシンプルな方法だと思うけれど、有ると無いとでは大違い。

考えてみれば、うちの屋敷にも冷蔵庫はあるのかもしれない。厨房《ちゅうぼう》への出入りなんてさせてもらえず、実は自分の家にどんな設備が整っているのかも知らないままなのだ。

冷蔵庫って、当たり前に使っていたけど、無いとこんなに不便なのね。思い切って奮発して、冷蔵庫、買っちゃおうかしら。でも、魔法を使えないと意味が無いか……ヒューバートに頼んで毎日氷を作ってもらうとか？　ふふ、そんなの現実的じゃないわね。

などと考え事をしていると、チヨが申し訳無さそうにボリュームを抑えて声を掛けてきた。

「あのー、ラナさん」

「ん？　なあに？」

厨房とフロントカウンターの間には作業台を設置していて、その上に作り付けた間仕切り代わりの吊《つ》り棚《だな》との間に、高さ五十センチ、幅百センチ程の空間を設けており、そこを商品の受け渡し口にしている。普段そこからチヨにおにぎりを渡しているのだけど、チヨはそこからニョキっと顔を出して、こちらを覗《のぞ》き込んでいた。

吊り棚に飾るように並べたグラスや瓶の隙間から向こうを見れば、エヴァンがまだそこに居るのが見えた。

「この前のおにぎりのお礼を言いたいから、作ってくれた料理人を呼んでほしいって……騎士様が」

「ハァ……お礼なんか必要無いわ。料理人が料理するのは当然だもの。そう言って……」

私がチヨにそう言いかけると、カツンカツンと靴音が近付いて来て、チヨの立つフロントカウンターから、L字に繋《つな》がる食堂のカウンター側に向かってエヴァンが移動してきた。別に立ち入り禁止という訳でも無いし、こちらに回って来ても良いのだけど、あなたの顔は見たくなかった。

「あなたが、ここの料理人……ですか？」

「ええ、見ての通りです」

エヴァンは私を見た後、厨房内をざっと見回し、少し驚いた顔をした。まだシン達が出勤していない今は、厨房には私しかいない。女性が料理人だとは思わなかったのだろう。この国では、料理人と言えば男性の仕事である。貴族の常識だと尚更この状況は理解出来ないだろう。

それにどうやらこの人は、私がエレインだとわからないようだ。声のトーンは落としてみたけれど、あっさり騙《だま》されてくれたらしい。

あら？　そう言えば、おじい様にやられた顔の傷は、すっかり治ったみたいね。

チヨも元の顔が見られて嬉《うれ》しそう。頬がうっすら色づいて、目にはハートが浮かんで見える。残念ながらこれはもう、完全に恋する乙女の顔だ。

ちょっと、ジッと人の顔を見るのは無作法ではない？　それに……何？　あなたって言ったわ。いつものエヴァンなら、さっきの台詞《せりふ》はお前がここの料理人か？　って言うところでしょう？

エヴァンがあまりに長く私の顔を見つめるので、私は首を傾げて「何か？」とそれに返す。

「あ……失礼、はじめまして、私はエヴァン・フィンドレイと申します。この間は、準備中にも関わらず、突然来た私のせいで手間を取らせてしまい、申し訳ない事をした。あなたの作ったおにぎりに感動しました。とても美味しかった。それに、不思議と力が湧いてきて、何とも言えない幸福感に満たされました」

彼らしくない丁寧な口調に、思わず営業スマイルが剥《は》がれかける。

本当に彼はどうしちゃったのかしら？　今、自分の事を私って言った？　それではまるで、貴婦人に対する口の利き方ではない？　それに気のせいか、サンドラと一緒に行動していた時の雰囲気と全然違って見える。

毒気が抜けたとでも言うのかしら？　タキじゃあるまいし、私には人の心の色は見えないけれど、エヴァンにかかっていたモヤが晴れてスッキリしたように見えるわ。まるで急に、私のよく知る昔の彼に戻ったみたいに。

私の居ない間に、何があったのかしら？

「私はこの宿屋の女将、ラナと申します。私共の商品をお気に召していただけたようで、大変光栄でございます。謝罪など必要ありませんわ。フィンドレイ様はうちのチヨを助けてくださった恩人ですもの。こちらこそ、チヨを助けていただきまして、心から感謝致します」

「ああ、小さな女の子がスリに遭うところを偶然見ていたのだ。それこそ礼など必要無い。しかし、こんな小さな子を一人で使いに出すのは、あまり感心しないな」

この言葉に反応し、チヨはフロントカウンターを飛び出して、私とエヴァンの間に立った。

「あの……騎士様、私もう十三歳です。体は小さいですけど、小さな子どもではありません」

「あ……そうなのか？　俺はてっきり……それは済まなかったな。すでに働きに出る年齢だったとは思わなかった。では、先ほどの言葉は取り消そう。使いに出るのは当然なのだな」

チヨはこれを聞き、嬉しそうに微笑んだ。小さな子ではなく、一人の女の子として認識してほしかったに違いない。

エヴァンはチヨから私に視線を戻すと、ポソリと独り言のように呟《つぶや》いた。

「ラナか……私の幼馴染《おさななじ》みも、その名を持っていた。結局呼ぶ事を許してくれなかったが……」

「え？　名前を呼ぶ事を許さなかったら、何て呼んでいたんです？」

「皆と同じように、世間で知られている名を呼んでいた」

「よくわかりません。どういう事ですか？」

「ラナというのは、彼女の家では特別な名で、家族や親族などの親しい者しか呼べない事になっているのだ。子どもの頃にラナと呼んでも良いかと訊《たず》ねたら、家族の他にそう呼んで良い人はもういるから、あなたはダメと言われてしまった。ショックだったが、きっとその頃は、好きな男の子が居たのだな」

――え？　そんな事、言った覚えはないわ。あなた以外に、小さな頃の私が親しくしていた男の子は居ないわよ？　いつそんな事言ったのかしら……。確かに変だと思っていたの。エヴァンとは子どもの頃に結婚まで考えた仲なはずなのに、なぜかラナと呼ばせていなかった。

それでなくとも仲が良かったのだから、普通に親友として許していてもおかしくないのに、私はなんとなく、子どもながらに彼を異性として意識して、恥ずかしさから『ラナと呼んで』と言えなかったのだと思っていた。

実際に、ある年齢からは恥ずかしくて自分からは言い出せなかったし。だって、異性に対してそれを言うという事は、逆プロポーズしたのと同じ意味を持つのだから。

「ラナさん」

エヴァンは微笑みながら、改まって私を呼んだ。そんな顔をして、一体何を考えているの？　私をただの平民だと思っているなら、「さん」なんて付けちゃおかしいでしょうに。

「また買いに来ます。私の学友が食欲を無くして、弱ってしまったのだ。あなたの作ったおにぎりを食べ続ければ、きっと彼も元に戻るだろう。では、これで失礼します」

「あ……ありがとうございました。その方が元気になる事をお祈りします」

エヴァンは私に軽く頭を下げ、外に向かって歩き出した。そしてチヨはエヴァンを見送る為に、彼の後ろを付いて行った。

食欲を無くした学友って、もしかしてアーロン様？　なんだか少し心配だわ。あの方には、落ち込んだ時に慰めていただいた事がある。あれ以降はよそよそしくされていたけれど、私に悪意を持ってはいなかったわ。

だからといって、私に何か出来るわけでも無いし、お節介はやめましょう。

◇　◇　◇

なんだか朝から頭が重い。翌朝の私は目覚めるなり前日のエヴァンの事が思い出され、彼への怒りが沸々と湧いてきた。

まったく何なの？　エヴァンとは縁が切れたと思っていたのに、客として来られたら私は避ける事も出来ないじゃない！　今の私は立場的にも強くは出られないし、チヨを助けてくれた事は感謝するけど、はっきり言って大・迷・惑！

もう関わりたくないのに、また顔を合わせる事になるなんて最悪だわ。向こうが私に失望した以上に、私の方がもっとあなたに失望したと言ってやりたい。

チヨは何も知らずにエヴァンを気に入ったみたいだけど、本当の事を伝えるべき？　でもそうなると、私の事情も話さなければならない……。

あー、もう！　せっかく自由を満喫していたのに、どうしてこうなるの？　私はチヨを傷つけたくない。でもこのまま放っておいたら、もっとエヴァンを好きになってしまうかもしれないわ。

私はどうしたら良いの？

今朝《けさ》販売する分のおにぎりを急いで作り終えた私は、気分転換に市場へ買い出しに行く事にした。

エヴァンとの再会は、思った以上にストレスとなっていたのだ。これをどうにかして発散しなければ、間違いなく今日の仕事に支障が出る。

おにぎりを作っている間も、いつもなら軽く談笑したりもするのに、今日の私は黙々と作業をしていてチヨは変に思っただろう。

ストレス発散には料理が一番！　実は最近食べたいと思っている料理がいくつかあり、早くその材料を揃《そろ》えたいのだ。和食の調味料はチヨに頼んで取り寄せてもらうけれど、前世の家庭料理を再現しようと思うと、それだけでは全然足りない。日本の家庭料理って、実は多国籍。和食はもちろん、中華料理、韓国料理、イタリア料理、等々、あげればキリがない。

そして忘れてはならないのが、カレー。本格的なカレーは流石《さすが》に無理だから、どこかにカレー粉に近いスパイスが売っていないか探しに行きたいと前から思っていたのだ。出来れば、いつも使っていた有名メーカーのカレールーが欲しいところだけど。

「チヨ、悪いけど今日は限定販売にするわ。ここに出した分が無くなったら、売り切れって看板を出しておいてね」

「え？　ラナさんどこかに出かけるんですか？」

「ええ、調味料を買いに市場に行ってくるわね。シンとタキが出勤してきたら、このメモに書いてある今日のランチメニューに合わせて、野菜の下ごしらえをしておくように伝えてくれる？」

私は今日のランチで作る予定の料理を、メモ紙に箇条書きしたものをチヨに渡した。するとメモを受け取ったチヨは、心配そうに私を見上げた。

「一人で行くつもりですか？　ダメですよ、荷物持ち兼、護衛が必要ですっ。私みたいにスリに遭ったらどうする気です？」

「大丈夫よ、このカゴに入るだけしか買わないから。それに市場はすぐ近くだもの、知り合いも多いし、治安の悪いところではないでしょ、心配ないわ。じゃあ行ってくるわね」

私が食堂のカウンターに設置されたスイングドアを押して厨房から出ると、リアム様も階段を下りて来て、出かけるところだった。いつも通り、深くフードを被っていて顔がよく見えない。

「おはようございます、もうお出かけですか？」

「……ああ」

あ、この方……リアム様じゃないわ。お連れのフレッド様ね。

近頃ピリピリとした空気を纏《まと》っていないせいか、お二人を見分けるのは難しい。じゃあ、昨日夕食をとっていたのはフレッド様の方だったのね。

フレッド様が具合悪そうにしてここへ来たあの日、私は週末に二人が入れ替わっていた事に気づいていたか、チヨに聞いてみた。

チヨはハッキリとは気づいていなかったようで、それでも、いつもなら自分に食事の注文をするリアム様が、週末だけは別の子に注文を取りに来させていた事を不思議に思っていたらしい。

でもそれは、自分が忙しそうにしていたからだろうと彼女なりに解釈していた。もし別人だと気づいていれば、チヨならきっと、別料金を請求していたに違いない。

フレッド様が、フロントのカウンターでチヨを待っている。出かける時は、鍵《かぎ》を戻してもらう決まりなのだ。

「お待たせしました。鍵の返却ですね。あの、お昼ご飯に、おにぎりはいかがですか？　食べると疲れが取れますよ」

「待って、チヨ。朝食を召し上がらないでお出かけになるから、二つ朝食としてお出ししてくれる？　フレッド様、お節介かもしれませんが、朝はしっかり食べなくちゃダメですよ。朝食は宿代に含まれているんですから、食べなくちゃ損です」

「あ……そういえばそうですね。今日のおすすめは五目御飯と和風ツナマヨです。メニューはこちらですけど、何にしますか？」

フレッド様はおにぎりを召し上がった事はあるのかしら。リアム様が大量に買って行った時期があったけど、きっとあの時は皆で食べたのでしょうね。

「和風というのがあるのか……それは知らなかった。では、おすすめを」

「和風も美味しいですよ。はい、どうぞ。では、お気をつけていってらっしゃいませ。ラナさんも、気をつけて行ってきてくださいね」

「ええ、行ってきます」

フレッド様はドアを開けて待っていてくれた。さすが貴族。たとえお忍びでも女性への配慮を忘れないのね。

「ありがとうございます」

「いや、女将はどこに行くんだ？」

「市場です。欲しいスパイスがあるので、それを探しに」

「そうか……俺もその方向に向かうから、途中まで送って行こう。朝とはいえ、女性の一人歩きは危険だ」

「恐れ入ります。では途中までご一緒に」

思い掛けない申し出に驚いてしまった。

私達とは極力関わらないようにしているのかと思って、必要最低限しか声をかけずにいたのだけれど、実はそうでもなかったのかしら。どう見てもお忍びという雰囲気だったから、気を遣ってしまったわ。

「女将はどこで料理の修業を？　やはり、和の国で勉強をしてきたのか？」

「いいえ、ほとんど独学です。うちは両親が共働きで、私が子どもの頃から母に代わって食事の仕度をしていたので、自然と覚えてしまったんです。それに父が料理人だったので、基礎は父に仕込まれました」

それは前世の自分の話。初めの頃は酷いものだったけれど、父が見かねて休日に特訓してくれたお陰で、料理の腕は格段に上がった。あとはネットで調べてレパートリーを増やしたわ。

疲れて帰ってきた両親が喜んでくれるのが嬉《うれ》しくて、全然苦にはならなかった。父と母に美味しい物を食べてほしくて頑張った事が、転生したこの異世界で、こんなに役に立つなんて想像もしなかった。

「そうか。それにしても素晴らしいな。独学であれほどの料理を作れるものなのか……」

フレッド様がそう言った時、前からビュウッと強い風が吹き、彼が被っていたフードが飛ばされて、一瞬だけ、隠れていたミルクティー色の髪が露になった。一歩下がって歩いていた私は、彼の髪をチラッと視界の端に捉《とら》え、乱れた自分の髪を押さえて下を向いた。

「すごい風でしたね。髪が乱れてしまいました」

「あ、ああ。……女将のその髪は、色を抜いてあるのか？　最近流行っているのか、町でよく見かけるが、ブロンドに染めている女性が増えたな。だがその髪は天然か。俺の知る女性にも、同じ髪色の人がいる……のだが……」

私が髪を整え終えて顔を上げると、フレッド様は何かを言いかけたのに、途中でやめてしまった。

「あの……私の髪に何かついてますか？」

「いや……」

彼はそこで黙ってしまい、何だか間が持たなくて、私はお礼を言って別れる事にした。

「……あ、私の行きたかった市場はそこです。フレッド様、遠回りしてくださって、ありがとうございました。お気遣い感謝いたします。ここで良いスパイスが見つかったら、今後のメニューにそれを使った料理をお出しします。では、失礼致しますね」

私がお礼を伝えて歩き出しても、フレッド様はそこに立ち尽くしたままだった。顔は半分フードの陰に隠れていて、どんな表情をしているのか、何を考えているのか、私には知る由もなかった。


そして久しぶりに買い物に出る事が出来た私は、一時間ほど羽を伸ばさせてもらう事にした。

私が毎日厨房《ちゅうぼう》に立つようになってから、お客様が何倍にも増えたとチヨは喜んでいるけれど、本当はもう少し細々と営業するつもりだった。皆にお給料が払えて、ちょっと利益が出るくらいで十分だと思っていたのだ。

それが日に日にお客様が増えて、目が回るほどの忙しさである。

宿には部屋数がそれほどあるわけではないので、そこからの収入はそんなに多くはない。ただし、常に満室なので安定した収入源にはなっている。元々ただの宿屋だと言うのに、今は食堂がメインになっており、近頃では、地元の人達からおにぎり屋と呼ばれている。

妖精《ようせい》の宿木《やどりぎ》亭という、一五〇年続く立派な名前があるというのに。

様々な露店が立ち並ぶ市場を回り、スパイスを扱う店に到着した私は、そこでまさかのカレー粉を見つける事が出来た。正確にはカレー粉ではなかったけれど、独自にブレンドされたスパイスの香りが、自分の知るカレーの匂いそのものだったのだ。

店主の男性にこれは何かと尋ねると、彼の故郷ではポピュラーなミックススパイスらしい。肉や魚にすり込んで焼いたり、スープに使うのが一般的だというので、試しに一つ買う事にした。

すでにお目当ての品を手に入れたけれど、カレー粉が見付かったように、他にも欲しかった調味料が存在するかもしれないと思った私は、調味料を扱う店を探し始めた。コチュジャンや豆板醤《とうばんじゃん》なんかがあれば、もっと料理の幅が広がるはずだ。

「ラナちゃん、おはよう、あんたが買い出しなんて、珍しい事もあるんだな」

「おはようございます。ええ、どうしても欲しいスパイスがあったので。また食べに来てくださいね」

この市場で働く人達は、ほとんどが食堂の常連さんだ。私の顔を見て、皆声をかけてくれる。それに答えながら店を見て回っていると、宿のある方向から、シンが買い物客を避けながら走ってくるのが見えた。

どうしたのかしら？　何か不足した食材でもあった？

「シン、おはよう、どうしたの？」

「ハァ、ハァ……ずいぶん暢気《のんき》だな……心配する必要無かったか」

「私を心配して、わざわざ走って来てくれたの？」

「当たり前だろ。ここらの店の人間は確かに知り合いばかりだけど、ここに来る客の中にはどんなヤツがいるかわからないからな。それで、後は何を買うんだ？」

シンは当然のように、さりげなく私の荷物を持ってくれた。カゴはまだ重くはないけれど、女の子扱いされた事が、何だか少しくすぐったい。

厨房では私が重い寸胴《ずんどう》なんかを持とうとしていると、スッと隣に来て何も言わず運んでくれたりもするけれど、これも同じような事なのに、外でやられると、なんだか変に意識してしまう。

そういえば、外でシンに会うのは、これが初めてじゃないかしら？

「あ……ありがとう、シン。あのね、豆板醤とコチュジャンが欲しいの。って言っても、わからないわよね」

「ああ、それなら向こうだ。その、何とかジャンって、赤くて辛い味噌《みそ》みたいなやつだろ？」

「え、ええ、そう。その通りだけど、良く知ってるわね」

「前の店にいた時に、買い出しでここまで来た事があるんだ。その時に興味本位で味見させてもらって、えらい目に遭ったから、覚えてた」

「ふふっ、何だか想像つくわ」

豆板醤とコチュジャンがこの世界にあった事に驚いたけれど、和の国という日本に似た国があるように、きっと他の国も、少しずつ形を変えて存在しているのだろう。カレー粉があった時点で、そんな気がしていた。あんまり専門的なものは必要ないけれど、私の記憶にある料理くらいならば、ほとんど再現出来るかもしれない。

「なんか、変な感じだな」

「何が？」

並んで市場を巡っていると、シンが不思議そうな顔をして私を見下ろしていた。タキと同じオリーブ色の髪が、朝日を浴びてとても綺麗《きれい》だ。市場にいる女性達が、振り返ってまで彼を見ている。

「毎日顔を合わせているってのに、オーナーと外で会うのはこれが初めてじゃないか？」

「やっぱりそう思った？　ふふっ、私もさっき同じ事を考えていたわ」

私は密かに、買い物デートってこんな感じかな、なんて考えていた。前世では彼氏がいた事も無く、もちろんデートなんてした事が無い。まあ、歩いているのは市場だし、そんな甘ったるい雰囲気なんて欠片《かけら》も無いのだけど。


そんな事を話していると、花屋の店主が私達に声を掛けてきた。この人も、ほとんど毎日のように夕食を食べに来る常連さんだ。

「よおシン君、ラナちゃん、二人で買い物とは珍しい。店に飾る花でも買って行かないかい？　安くしとくよ」

花屋の露店には、色鮮やかに咲いたバラなどの切り花や、蕾《つぼみ》のたくさん付いた鉢植え等が所狭しと並べられていた。

「おはようございます、みんな綺麗に咲いてますね。そうね、この間貰《もら》ったガーベラが枯れてしまって、ちょっと寂しいなって思っていたの。ねえ、シン、どれか買って行きましょうか？」

「ああ、良いんじゃないか」

生返事が返ってきた。

シンに聞いた私が馬鹿だった。男の人はそんな事聞かれても困るわよね。フロントに花が一輪あるだけでも随分雰囲気が良くなったたし、パッと明るくなる黄色や白の花を少し買って帰る事にした。

「えーっと、それじゃあ、黄色と白のガーベラを一輪ずつお願いします」

「はいよ、ガーベラだね。あ、そう言えば、ちょっと前までフロントに飾ってたけど、ガーベラが好きなのかい？　じゃあ、サービスでこのオレンジ色を一本おまけだ」

「まあ！　ありがとうございます。とっても可愛いわ！」

ホクホク顔で会計を済ませ、店を後にしようとすると、シンが鉢植えを一つ手に持って別の店員にお金を払っていた。花に興味が無いのかと思えば、自宅に飾るものを選んでいたのね。

「それ、お部屋に飾るの？」

「ん？　ああ、部屋が殺風景だからな。ほら、そこがオーナーの欲しい何とかジャンを扱ってる店だ」

「あら、本当。とてもたくさん種類があるのね。ふふふ、これで中華料理も韓国料理も食べられるようになるわ。シンはレシピを覚えるのが大変かもしれないけど、よろしくね」

その店には、中華料理に使う調味料だけでなく、聞いた事のある他のアジアの国の調味料に似た物も、瓶詰めにして売られていた。残念ながら、前世の記憶が戻っていても、それらを使うレシピまでは知らないので、買う時は永久に来ないだろう。

私達は必要な買い物をすべて済ませて、急いで宿に戻る事にした。シンが私を心配して出てきてしまったから、昼に向けての下ごしらえを、結局タキ一人に任せた事になる。

裏から宿に戻った私達は、真っ先に厨房《ちゅうぼう》へ向かい、タキの様子を見に行った。

「ただいまー。タキ、ごめんね、この量を一人で大変だったでしょう？」

「おかえり、ラナさん。さっきまでチヨちゃんが手伝ってくれていたから、大丈夫だよ。この間ラナさんが息抜きさせてくれたから、今度は自分がお返しする番だって」

私が居なかった一時間足らずで、野菜の皮むきはすべて終わり、タキは次の段階に入ろうとしていた。私はフロントにいるチヨのもとへ向かい、そこで帳簿を付けていた彼女に後ろから抱きついた。

「ひゃ、ビックリしたー、お帰りなさい、ラナさん」

「ただいま。自分の仕事だってあるのに、厨房を手伝ってくれたんですってね、ありがとう、チヨ」

「えへへ、そんな、別に大した事はしてませんよ。欲しかったものは買えたんですか？」

「ええ、おかげ様で新しいメニューを増やせそうよ。早速午後の営業から、新メニューを一品追加するわね」

新メニューはドライカレー。前世では私の父の大好物だった。

材料をすべて微塵《みじんぎ》切りにするのは手間だけれど、それさえ済めば、あとは簡単。トロトロになるまで煮込むという時間が必要ないのが魅力の料理だ。

先に微塵切りした生姜《しょうが》とにんにくを炒《いた》めて香りを出し、そこにたまねぎ、にんじん、セロリ、なす、ピーマンを炒め合わせて、ひき肉を加え、火が通ったらスパイスと塩を加え、潰《つぶ》したトマトとすり下ろしたリンゴも加える。シンが作った肉や野菜を煮込んだ基本のスープを入れて水分が飛ぶまで加熱し、レーズンを加えて完成だ。

前世では顆粒《かりゅう》のコンソメを使っていたけど、ここには無いし、コンソメスープを作るのは大変な手間ひまがかかるので、シンのスープで代用するけれど、きっと大丈夫よね。


チヨにお礼を言った後、一度厨房に戻り、買ってきたスパイスなどを棚に並べた私は、部屋にエプロンを取りに向かった。

すると私の部屋のドアの下に、いつの間にか、先ほどシンが買っていたブルーデイジーの鉢植えが置かれていた。真ん中が黄色で、水色の花びらが可憐《かれん》で爽《さわ》やかなキク科の花だ。

自分のために買ったんじゃなかったの？　殺風景な部屋って、私の部屋の事だったのね。

「可愛い……この花の花言葉なんて、シンは知らないわよね」

この花の花言葉は、「純粋・幸運・可愛いあなた」。

前に、シンから「お前は可愛い」と言われたのを思い出し、自然と笑みがこぼれる。

あれをデートだと思ったのは私だけよね。だってただの買い出しだもの。でも私はとても楽しかったから、そう思う事にする。この花を見たら、きっと今日の事を思い出すわ。

鉢植えを持って部屋に入り、何の飾り気も無い部屋の窓辺に、早速ブルーデイジーの鉢植えを置いてみた。たったそれだけの事なのに、なんだか部屋全体が華やかになった気さえする。

私は早くシンにお礼を言いたくて、急いでエプロンを着けて厨房へ行くと、すでに仕事を始めていた彼と目が合った。

私はそこでお礼を言おうと口を開いたけれど、シンは気まずそうにふいっと目を逸《そ》らし、また作業を再開した。

照れているのかしら？　お礼くらい言わせてよ。

そこで私は、仕事をしながらさり気なく移動してシンの隣に立ち、今日のお礼を小声で伝えた。

「シン、ありがとう。あのお花、殺風景な部屋に飾ったわ」

シンは何も言わず、私の方を見てフッと微笑んだ。それは彼が今まで見せた事の無い柔らかな笑顔で、私は胸の奥がギュッとなって、ほんの少し、鼓動が速くなるのを感じた。

幕間　祭りの後

「アーロン、サンドラを連れてこい。晴れて恋人になれたというのに、全然会えぬ」

「殿下、聖女様とは毎朝廊下で会っているではありませんか」

「あれを会ったとは言わぬ。第一、なぜ彼女は私に会いに来ないのだ。前は呼ばなくても日に何度も来ていたくせに。もういい、私が行く」

「行っても会えるとは限りませんよ」

「うるさい、ではお前はついて来なくていい」

　昨日の放課後、殿下はそう言ってサンドラに会いに行ってしまった。

　殿下はご自分が何をしたのかわかっていないらしい。

　聖女の覚醒《かくせい》を祝う祭りで、二人が恋人として肩を並べる姿を民に見せられたのは、すでに貴族の間であのパーティーの話が広まっていたからであって、陛下に交際を認められたわけではない。あれはひとまず王族としての体裁を取り繕っただけなのだ。

　その後聖女の貞操を守るために、二人きりで会う事は禁止された。殿下とサンドラが自分達を正当化する為に起こした騒動は、結果として二人を引き離した。

それにあの一件で、エレイン様への非情な振る舞いが陛下や王弟殿下の怒りを買い、祭りが終わると正式に王太子ではなくなった。

はっきり言って、私はフレドリック殿下の側近になどなりたくなかった。

私のどこが気に入ったのか、正式に側近として召し抱えられる事になってしまった。フレドリック殿下は悪い人間ではないと思うが、とにかく人の忠告を聞かないという欠点がある。

今はサンドラに夢中で更に面倒が増えた。エレイン様が傍らにいた頃は、もっとマシだったはずなのに。

あのパーティーでは、飲み物を取りに行っている間に騒ぎが起きていて、軽い気持ちで人垣を掻《か》き分けて騒ぎの中心まで行ってみれば、私の持っていたワイングラスは突然殿下にもぎ取られ、それがどこへ行くのか目で追うと、床に座り込むエレイン様が目に入った。

グラスが当たってもエレイン様は怪我をしなかったが、あれを見た時、殿下は正気を失ってしまったのかと思った。

あの場で何が起きているのか状況が理解出来なかった私は、ただ呆然《ぼうぜん》と立ちつくし、目の前で繰り広げられるエレイン様への一方的ないじめのような現場を、黙って見ている事しか出来なかった。

ヒューバートのように颯爽《さっそう》と救いの手を差し伸べる行動力と勇気があれば、私だってエレイン様を助けたかった。あの方に対し、何も出来なかった事を未だに後悔している。

あの時殿下は、我々に一言の相談も無くいきなりエレイン様に婚約破棄を言い渡し、サンドラの受けた嫌がらせを並べ立て、断罪していた。驚いたと同時に、呆《あき》れてしまった。

あれらはまだ事実確認さえしていないのに、彼女の訴えを素直に信じるなど愚か者のする事だ。よく考えればわかるはず。あれだけ派手に嫌がらせをされていたわりに、エレイン様がサンドラを虐げるシーンを見た者は一人も居ない。つまりすべては彼女の作り話かもしれないという事だ。

聖女が嘘をつくわけがない。その思い込みが判断力を鈍らせるのだ。

サンドラが二度目の襲撃を受けたばかりで、殿下が酷く苛立《いらだ》っていたのは知っているが、まさかあのタイミングで突然不満を爆発させるとは思わなかった。

後で聞けば、暴力はあれだけでなく、殿下は他の令嬢達と歓談中だったエレイン様をいきなり突き飛ばしたのだとか。か弱い女性を男の力で突き飛ばすなど、あってはならない事だろう。他の二人はあの場に居て、なぜ殿下を止めなかったのだ。

エヴァンに至っては、殿下と一緒になって彼女を責め、あの馬鹿力で頭を押さえ付けていた。呆れて物が言えない。あの男は周りの声に惑わされたのか、幼馴染《おさなな じ》みが嫉妬《しっと》に駆られた哀れな女に成り下がってしまったと嘆いていたが、本気でそう思っていたのか？　殿下の前では、無理に話を合わせていただけかと思ったが。違ったのなら、少し買いかぶり過ぎたようだ。

三人いた側近候補の一人、ヒューバートはどっちつかずな男だと思っていれば、初めからこちら側の人間ではなかった。クビを恐れず殿下に苦言を呈する事の出来る頼もしいやつだと思っていたのに、むしろクビにしてほしかったと言うわけだ。あのパーティーをきっかけに、元の場所に戻れて良かったな。

私も我慢せず思ったままを口にしているが、クビになるどころかなぜか殿下に慕われてしまっている。


そういえば、もう一人の側近候補であるエヴァンには、一時期、学園の男子生徒の間でエレイン様の情夫であるかのような下品な噂《うわさ》が立っていたが、最初にあんな噂を流したのは誰だ？　その手の噂が一度出てしまうと、面白がって広める下衆な男が多くて困る。

しかし誰が見ても二人はそんな関係ではなく、噂はすぐに収束に向かった。あれは学園内の誰かが、エレイン様を我々から引き離し、孤立させるために流したものだろう。

しかも、エヴァンが離れた事で消えたはずのその話が、エレイン様が公爵家を出された途端、なぜか社交界にまで広まった。エレイン様を執拗《しつよう》に追い詰めたい誰か……考えたくはないが、今となっては該当者は一人しか居ない。

エレイン様は当時、自分とエヴァンとの間にそんな噂が流れている事を知らなかったんだろう。楽しげにいつも通りエヴァンに話しかけて、冷たく無視された時のあの表情には胸が痛んだ。

エレイン様がエヴァンに無視され始めて数日後のパーティーで、私が彼女を送る事になった。

馬車の中で月明かりに照らされたエレイン様は、寂しげに車窓から星空を眺めていて、その思わず抱きしめたくなるような憂いを帯びた横顔に、いけないと思いつつも、私の目は釘付《くぎづ》けになった。

「エレイン様、エヴァンの態度が変わった事で、最近お悩みのようですね」

「あ……顔に出ていましたか？　お恥ずかしいです。感情を表に出さないよう心掛けていたつもりなのですけれど、私もまだまだですね」

「いえ、ふとした時に垣間見えただけですよ。私が思うに、きっと彼は、あなたと親しくする事で、自分とのおかしな噂が出るのを恐れて距離を置く事にしたのですよ。幼馴染《おさなな じ》みと言えど、今までが親し過ぎましたから。恐らく周りの目に敏感になり過ぎて、話す事すら出来なくなってしまったのでしょう」

「ふふ……アーロン様、ありがとうございます。慰めてくださるのですね。でもきっと……私が気づかずに、何か彼の気に障る事をしてしまったのだわ。何をして怒らせたのか、きちんと思い出せたら謝って仲直りしますから、心配しないでください」

私の目を見てそう言った後、微笑みをたたえながらフッと睫毛《まつげ》を伏せる姿が、この世の者とは思えぬほど儚《はかな》く可憐で、私が慰めて差し上げたくて思わず手を伸ばしかけてしまった。

殿下はなぜエレイン様の良さに気づかないのだろう。私なら、迷わずエレイン様を選ぶのに。この密かな恋心を誰にも悟られないようにするのは、思いのほか大変だったな。

サンドラのようなわかりやすく派手な美人にしか目が行かないとは、勿体《もったい》無い。あれは強欲な野心家だ。殿下ですら、自分がのし上がるためのステップくらいにしか考えていないだろう。自分が美しいとわかっていて、周りの男達に甘い微笑を振り撒《ふ ま》く聖女。

彼女は確かに美しい。出来過ぎなほど完璧《かんぺき》な容姿なのに、私にはそれが逆に、どこか歪《ゆが》みを感じて気持ちが悪い。

エレイン様こそ聖女の名に相応《ふさわ》しい心をお持ちだ。サンドラへの襲撃も、誰かに仕組まれ、嵌《は》められてしまっただけではないかと思っている。それを何度か殿下に伝えたが無駄だった。本当に黒幕ならば、わざわざ名前を残すものか。

あれから密かに調べているが、逃げた男達を見たのはエヴァンとサンドラだけ。相手の特徴も、どんな人相なのかもわからず、サンドラに訊《たず》ねても思い出したくないの一点張り。しつこく聞き出そうとして、それを殿下に告げ口され、なぜか私が叱られてしまった。どうかしている。命を狙われたのに、犯人を捕まえたいとは思わないのか？

もう一人の被害者であるエヴァンも、はっきり特徴のある男達ではなかったと言っていた。これでは捜しようが無い。一体何をしているのか、そのエヴァンはここ数日学園を休んでいる。

ああ、ちょうど今登校して来たようだ。酷い顔だな。この数日の間に何があった？

「エヴァン、何日も休んで何をしていたんだ？　殿下が心配していたぞ。もしかしてその顔の傷、喧嘩《けんか》でもしたのか？　お前がそこまでやられるなんて……相手は相当強かったんだな」

「……ノリス公爵家に謝罪しに行って、爺《じい》さんに殴られた」

「は？」

「あの人は孫娘に対して愛情が無いのかと思っていたが、麻痺《まひ》した片足を感じさせない走りで近付いてきて、思い切り殴りかかってきたんだ。だから、爺さんの気の済むまで、無抵抗のまま殴られてきた」

「ちょっと待て、謝罪？　本人が不在なのに今更何の謝罪だ？　エレイン様を信じなかった事か？無抵抗な彼女に暴力を振るった事か？」

「全部だ。サンドラが来てから今まで俺がした事全部が間違いだった。エレインに一度でも確認していれば、関わりがあるか顔を見ればわかったかもしれない。あのインク、町で一軒だけ取り扱いがあった。この一年で誰が買ったのか調べさせたら、すぐにサンドラが注文していた事がわかった。アルフォードからの取り寄せだから、注文書にサインが残っていたよ。偽名だったがな」

この男、今頃になってエレイン様が犯人ではないと信じ始め、その裏を取る為に学校まで休み、店を回っていたというのか？　そして馬鹿正直に爺様に殴られてきたと。

「偽名なのに、なぜサンドラだと断定出来た？」

「店主が祭りの時に、壇上から手を振るサンドラを見て、聖女が自分の店に来ていたと気づいたらしい。注文書も、探すまでも無く別にして大事に保管してあった。元々その店でも取り扱っていなかったのだが、サンドラがどうしても同じ物が欲しいと頼んだらしい」

「あれって、王族が使う特別なものだと言っていなかったか？　どうやって手に入れたんだ」

私の疑問に、エヴァンは何とも情け無い顔をして答えた。こいつの一言でエレイン様がやったと断定されたのだ。普通に手に入れられる品物ではないと言っていただろう。

「サンドラが買ったのは、アルフォードでは土産として売っている偽物で、色だけは似ているが文字を書けば滲《にじ》んでしまうような粗悪品だ。本物なんて、買えたとしても一体いくらするのか見当もつかない高級品だろう。スカートにこぼすなら、偽物で十分だからな。その代わり、指示書に使ったのは本物だった。エレインが……サンドラにプレゼントしたんだそうだ」

「はあ⁉　なんだってそんな事が？　親しくしていた訳でもあるまいに……」

コイツは何を言っているんだ？　あの二人は殿下を取り合うライバル同士だぞ。

「サンドラが、最初にエレインのインクでスカートを汚した日を覚えているか？」

「ああ、エレイン様がサンドラをいじめていると、誰かが告げ口しに来たな。殿下はお気に入りの玩具《おもちゃ》に手を出されて、怒ってエレイン様のもとに行った。エレイン様は既に帰った後だったが、まだ教室に残っていたサンドラが突然泣き出して、殿下に慰められていた」

それのどこにインクをプレゼントする流れが発生するんだ？

「あの時に聞いたサンドラの言い分と、実際のところはまったく違っていたって事だ。実際は、サンドラがエレインの忘れて行った高価そうなインク壺《つぼ》を盗もうとしたんだ」

「盗んだのではなく、盗もうとした？」

「エレインが忘れ物に気が付いて、教室に戻ってきたそうだ。そこで驚いたサンドラが、手に取ったインク壺を落とし、それを隠そうとしてスカートが汚れたんだ。床にこぼれたインクは自らスカートで拭《ふ》いていたと、この間転校していった令嬢達が教えてくれた。エレインはサンドラを咎《とが》めず、そのインク壺が気に入ったならと、新品のインクを付けてサンドラにプレゼントしたらしい」

何だそれは。裏なんか取らなくても、エレイン様らしいエピソードじゃないか。

「おい、その話が事実なら、私のサンドラは大嘘つきの泥棒という事になるが？」

「殿下‼　いつからそこに！」

振り返ると、フレドリック殿下がドアの所に立っていた。

その表情は、怒っているのにどこか冷静で暗く沈み、普段なら間違いなく激昂《げきこう》するところなのに、なぜか静かに話に入ってきた。

「話は初めから聞いていたが、嘘だろう？　サンドラは貧しい家の娘だが、盗みなど企むはずがない。あいつは聖女だぞ、見たという者達をここへ連れて来い。エレインを擁護する為の嘘に決まっている」

「殿下、信じられないのはわかります。しかし、それが真実なのです。見ていた者の中に、我々のもとにサンドラの危機を知らせに来た男も入っています。問いただしてみたところ、令嬢達の言っていた内容と同じでした。その男が登校してきたら、聞いてみてください。サンドラを助けたくて殿下を利用したと認めるでしょう」

何て事だ。私も半信半疑だったが、エレイン様は本当に冤罪《えんざい》だったのか。それなのに、こいつらは大勢の前で暴力を振るい、彼女を責め立てたのか？　エヴァン、よく平気な顔でいられるな。それだけ調べたなら、本人に謝れよ。馬鹿野郎、何の非も無いエレイン様がひとり貧乏くじを引かされただけとか……切な過ぎるだろう。

サンドラ、お前が殿下を手に入れる為に、エレイン様を排除したのか。恐ろしい女だ。それが聖女のする事なのか？

我々にサンドラの危機を知らせに来た男は、エヴァンの言う通り殿下を利用したと渋々認めた。隠れてそれを聞いていた殿下は、その場でその男を退学処分にしてしまった。

殿下は昨日、やっとサンドラに会えたと思えば、一方的に別れを告げられたのだそうだ。それが本気なのかを聞くために、今朝は少し早く登校したらしいが、サンドラはもう学園に来る事はなく、すでに退学の手続きは済んでいた。

別れの理由を教えてはくれなかったが、殿下が王太子ではなくなった事が原因ではないかと思われる。


現在、王太子の座は宙《ちゅう》に浮いた状態になっている。

第一王子を王太子にしたい国王陛下と、どんなにダメでも第二王子を王太子にしたい王弟殿下とで、また意見は真っ二つに分かれ、それぞれの派閥が火花を散らしている。

さすがにもう、フレドリック殿下は無理だろう。エレイン様との婚約を破棄した時点で、彼は終わったのだ。

やはりフレドリック殿下の側近にはなりたくなかった。これで完全に出世の道は閉ざされてしまった。仕方が無いから、これからも殿下に付き合うしかない。その代わり、必ずその考え方を改めさせてみせる。まずは自分の愚かさを自覚していただこう。

エレイン様、申し訳ありませんでした。私の力が及ばず、あなたに大変なご迷惑と、心の傷を負わせてしまいました。どこかでまたお会いする事が叶《かな》えば、その時は謝罪させていただけますか。

サンドラを処罰する事はもう無理でしょう。彼女は国が保護し、大切に扱われていますから。

◇　◇　◇

「サンドラ様、お食事をお持ちしました。お願いですから、お部屋から出てきてください。無断で学園を退学し、あれから何日もお部屋に篭《こも》ったままでは……」

「うるさい！　あっちへ行って！」

「聖女様……フレドリック殿下が面会を希望されております。この間お会いした時、殿下に対してもう会いたくないと申されたのですか？　殿下はすっかり食欲を無くし、体を壊してしまいました。どうか、殿下に対する発言を撤回していただけませんか？」

「帰って、アーロン！　もうフレドリックには会いたくないのよ！　イーヴォ以外は全員下がりなさい！」

神殿の敷地内に建設された、絢爛《けんらん》豪華な聖女専用の住居はついに完成し、サンドラは行き場を無くして仮住まいしていた巫女《みこ》用の粗末な部屋から、火事で消失した実家が三つは入りそうな豪邸に居を移していた。

内部は王族の私室と同じかそれ以上かという豪華さで、サンドラの義母が買った高価な敷物の何十倍もの価値のある毛足の長い絨毯《じゆうたん》が敷き詰められた室内には、一人寝には大きすぎる天蓋《てんがい》付きベッドがポツンと置かれている。そして部屋の奥には、高価な分厚い一枚ガラスで仕切られた広いバスルームも作りつけられていた。

設備的にこの部屋に不自由があるとするならば、このバスルームくらいだろう。トイレも同じスペースに設置されており、用を足す姿すら監視され、サンドラには隠れる場所が一つも無いのだ。

囚人だってそこは配慮されているというのに、そんな気遣いすらも無い。

この住居を建てる際、彼女のプライバシーを守る事は何一つ考えられておらず、隠れて男性と交わり聖女の力を失わせない為に、居住スペースはワンフロアで見通しが良く、常に監視する事を目的とした設計になっていた。

さらに神殿と同じ白い石で造られたこの建物には、外から来た者達が聖女に直接お願い事をするための、神社の拝殿のようなものが設けられていた。

機能的には神社によく似ており、外から来た者達は、屋根の下に付けられた小さな鐘を、紐《ひも》を引いて鳴らし、奥に居るサンドラを呼び出して、檻《おり》のような扉の向こうに座る彼女に願いを伝える事が出来るようになっている。

サンドラの人権など完全に無視したシステムだ。

この豪華な住居を建てるために、多額の寄付金を出した貴族達は毎日引っ切り無しにその鐘を鳴らし、腰痛を治せだの、歯が痛いから痛みを消せだの、聖女という存在に一体何を求めているのかという願い事をし続けていた。

サンドラはそのどれも叶えはしなかったが、高くよく響くその鐘の音にはうんざりしていた。

「聖女様、まだあの負傷した兵士の目を治した後遺症が続いているのですか？　聖女の力が回復しないと言って、もうかなり経《た》ちますが、あなたの力に期待する者達の不満が日に日に膨らんでおります。そろそろ二回目の奇跡を起こす事は出来ませんか？」

奇跡を起こせ、あれを治せ、これを治せって……みんな馬鹿なんじゃないの？

「私に無礼な事を言った巫女のせいで、せっかく回復した力が、また無くなってしまったのよ。まだまだ無理。イライラさせないでよ、イーヴォ」

「……あの方は、とても優秀な巫女でした。何が気に入らなかったのですか？　身の回りの世話をさせる為に、巫女の中で一番高位の者をお付けしたのですよ」

「ハァ？　神の声も聞けない巫女が高位ですって？　この私に、不穏な黒い影がかかってるって言ったのよ！　だから罰が当たったんでしょう？　無意識に力が出てしまったのよ。悪いのはあの女。私のせいじゃないわ。ちょっと綺麗《きれい》だと思って調子に乗って、いい気味だわ」

私に向かって、あなたは何者かと詰め寄ってきた、あの人形みたいに綺麗な女。ちょうどいいタイミングで病気にかかってくれて助かったわ。

私を近くで見るなり、不穏な影が全身を覆っているとか訳のわからない事を言い出した時は、私を見ているようで見ていない不気味な眼差しが怖かった。

「あなたが……聖女様、ですか？　わたくしはイリナ。神殿に仕える巫女を纏《まと》める役を与えられております。このたび、聖女様の身の回りの世話係として、わたくしの他に、ここに並ぶ者達が選ばれました。どうか、なんでもお申し付けくださいませ」

そこに並んでいたのは、素顔なのにハッとするほど綺麗な女達。

聖職者たちは、神殿にこんな綺麗な女達を侍らせていたの？　普通以下が一人も居ないじゃない。権力を持ったおじさん達は、これだから嫌なのよ。いやらしい。どうせ巫女だなんて言っても、なんの力も持たない普通の女なんでしょ？

「あなた達も、神様の声を聞けるの？」

「いいえ、それが出来るのは極一部の神官のみでございます。私に出来るのは、目の前にいる人の持つ気を見る事。他の者達は、最高神官様の補佐として、祈りを神に捧《ささ》げる手伝いをする乙女達です。声は聞こえなくとも微力ながら霊力は持っているのです」

魔力は聞いた事あるけど、霊力って何？　神様と何か関係あるの？　もしかして、神様に貰《もら》った力って事？　素顔のままでもこんなに綺麗なくせに、特別な力まで持ってるの？　ずるいわ。

「あの……聖女様に自覚は無いかと思いますが、全身を覆うように影が出ています。もしや心が曇っているのでは……」

「はあ⁉　聖女に向かって何言ってんの？　何が出てるって？」

「このままでは、いけません。心を落ち着かせてください。今御祓《おはら》い致します。皆は下がって、ここを出た方がいいわ」

言われるままに若い巫女達が出て行くと、イリナという巫女は私に近付いてきて、何が見えているのかわからないけど、私自身を通り越して何かを見ていた。

「あなたは、本当は何者ですか？　おかしいです、祓っても祓っても、内からにじみ出てきてしまう。本当に聖女様なのですか？　気の色が……」

そして私の体に付いた虫でも払うような仕草に腹が立って、やめてと叫んで突き飛ばしたら、泡を吹いてバッタリその場に倒れてしまった。

そのお陰で、私に逆らうと罰が当たるとか、祟《たた》られるなんて噂が出てしまったみたいだけど、それも聖女の力だって事にしてしまえば良い。この先奇跡を起こせなくなっても、その女のせいにしてしまえば大丈夫だわ。穢《けが》れた女に触れたせいで力が弱まったとでも言っておけば、私が咎《とが》められる事なんて絶対にない。

ふふん、貴族に利用なんてされるものか。こっちが利用してやるわ！

「ねえ、イーヴォ。いい化粧品を持ってきてと何度言えばわかるの？　肌に合わなくて荒れてしまったじゃない」

「化粧品に頼らず、食事をきちんと召し上がれば治ると思いますが……」

私の自慢の美貌《びぼう》が、このひと月の間にどんどん衰えている。

子どもの頃はどうして美しい両親に似なかったのかと神様を恨み、醜い姿に産んだ親を恨んだ。でも、母さんはいつも言っていた。今でも十分可愛いけど、女の子は年頃になればみんな綺麗になれるから、あなたもきっと美人になれるって。

あの言葉は本当だった。母さんが病気で死んでしまった時は悲しかったけど、あれからすぐに母さんに似てきて、周りから悪口を言われなくなったわ。

それに、この五年で母さん以上の美人に成長した。他人を羨《うらや》んだ事もあったけど、そんな必要全然無かったのよ。あの両親の間に生まれて、器量が悪くなる訳がないもの。

でも、これはどういう事？　気のせいか、何だか少しずつ五年前の自分に戻り始めてるみたいじゃない？　老化が始まる年にはまだまだ早いわ！　食べ過ぎてるわけでもないのに、くびれが無くなってお尻《しり》が弛《たる》んできた気がするし、顔も何だかおかしいの。鼻が低くなってきたように感じるわ。

こんな顔で、フレドリックに会えるわけ無いじゃない。あの人は、綺麗な私が好きなんだから。顔もスタイルも崩れてしまったら、どうせ見向きもしなくなるわ。

顔を隠すベールと化粧で誤魔化《ごまか》して、なんとか学園には通っていたけど、もう限界だった。どうせ行っても勉強なんかしないんだし、辞めて清々したわ。

でも今度は、ここでの監視と貴族達のおねだりに、気がおかしくなりそう。

巫女の女の子達が怖がって世話係を辞めてくれて良かったわ。あんな綺麗な顔で側《そば》に居られたら、イライラしてしょうがない。

だから男性機能を無くした神官見習いの男の子たちが世話係になったけど、初めからそうしてほしかったわね。

それにしても、この肌のブツブツ。ここに来て高級な化粧品を使い始めたのが悪かったのかしら。

◇◇◇

「ウィルフレッド殿下、お久しぶりでございます。わざわざ休日にこのような老人に会いに来るとは、何と物好きな。本日はどのようなお話ですかな？　たしか殿下が私に会いに来るのは、あれ以来ですな」

今日こそは彼女の祖父に直接会い、ラナの居場所を聞き出そうと、俺はノリス公爵の屋敷を再度訪れた。前回来た時は、ラナの兄と話をしたが、彼からは妹の事はそっとしておいてほしいと言われ、居場所は誰にも教える事は出来ないと追い返されてしまった。

この家を牛耳るこの老人こそが、彼女を修道院に入れた張本人なのだ。

そして実際の所、俺の調べでは彼女は修道院に入っていない事がわかっている。

国内の修道院をすべて当たり、最後にリアムが向かった場所にエレインという名の女性が入ったばかりだという報告を聞き、夜を徹してまで見に行ったのだが、それはまったくの別人で、結局どの修道院にも彼女はいないという事がわかっただけだった。

そもそも修道院に入る必要もないのだから、当然と言えば当然なのだが、彼女の祖父ならやりかねないという不安から、その可能性を捨て切れなかった。

おまけに、彼女が居なくなった当時の事だが、貴族令嬢の乗った馬車が山賊に襲われ、馬車ごと谷底に落ちたとの噂を聞きつけ、実際に現場へ確認しに行ったりもした。

川に浸かってまで必死に捜索したが、時間が経ち過ぎていた為に手がかりになりそうな物は何も残っておらず、あの時は、ずぶ濡《ぬ》れのままでは王宮に戻る事も出来ずに、急遽《きゅうきょ》予定を変更して宿《やどり》木《ぎ》亭の世話になったのだ。

冷静になって考えてみると、万が一それが彼女の乗った馬車だとしたら、この家の者達がここまで冷静でいられるはずがない。

真に受けて彼女を捜してしまったが、どうやら世間から隔離するためにそういう事にしただけだったようだ。

この老人は、あの馬鹿の起こした婚約破棄事件のせいで、孫娘が意地の悪い貴族達の噂《うわさ》の種にされる事を危惧《きぐ》して、社交界から遠ざける為にこの家から逃がしたのだとも考えられる。

その後の社交界では、彼女の事で面白おかしく噂が広まり、あのエヴァンとは、かつて深い関係であったなどという醜聞まで出回る始末。

しかしそれは恐らく、婚約者が二股《ふたまた》をかけていると知ったフレドリックがその事に心を痛め、聖女であるサンドラに癒しを求めて二人は惹《ひ》かれ合った、というもっともらしい理由をつける為に広めた嘘だろう。

今となってはここに居ないエレイン一人を悪者にし、自分達の行動を正当化させたいだけだとしか思えない。

ノリス公爵家は毅然《きぜん》とした態度でその噂を一蹴《いっしゅう》し、今は噂の出どころを調査中だ。

話に聞く通り、孫に対して厳しいという一面も確かにあるのだろうが、あの天真爛漫《てんしんらんまん》なお転婆娘を、今現在皆が知るような、控えめで大人しい令嬢に育て上げるには、相当な根気と愛情を持たなければ無理だろう。

だからもしかしたら、どこかの片田舎で情報を遮断した生活をさせているのではないかと考えたのだ。

「ああ、だが、俺が何をしにここへ来たのか、わかっているだろう？」

「はて？　何でしょうな……おお、そう言えば。誰か、急いであの子の部屋にあれを取りに行ってくれ」

たったこれだけの指示で、ドア前で待機していたメイドが一礼して応接室を出て行った。

「本来ならば、こちらがお届けに上がらねばならない所ですが、なにぶん今はどこかの誰かのお陰で、我が家は肩身の狭い思いをしておりまして」

そんな事を言っているが、この家の者達があまりに冷静である事が、逆に怖いと恐れられているではないか。確かに、下手に反論して騒ぎ立てたりしようものなら、それが真実だからだと馬鹿な事を口走るヤツが出てきて鬱陶《うっとう》しい思いをするが。

この家の対応のお陰で、噂の出所であるあの学園では、反撃を恐れて口を噤《つぐ》む者も増えたと聞く。そのうち誰もラナの話などしなくなるだろう。

「ああ、持って来たか。それを殿下の従者にお渡ししなさい」

戻ってきたメイドは、白いジャケットを従者に手渡した。それは、あのパーティーの日にラナのドレスの汚れを隠すために、俺が着せてやったものだった。

「それは、俺がラナ……エレインに貸したものではないか?」

「返すのが遅くなり、大変失礼しました。すぐにお返ししたかったのですが、裏にワインのシミが付いておりましたので、落とすのに手間取ってしまいました。あの子を気遣ってくださり、ありがとうございました」

俺はそのジャケットを見て、あの日の哀れなラナの姿を思い出した。あの姿を思い出すたび胸が痛む。彼女は理不尽な暴力を受けた被害者であり、本来保護される立場なのだ。それなのに、なぜか正反対の仕打ちを受けている。これを黙って見過ごす事は出来ない。

「それを取り返しに来たのではない。そのジャケットを貸したエレインは、今どこにいる？　国内にある修道院はすべて確認したが、彼女の姿はどこにも無かった。アルフォードに渡ったかとも思ったが、国外に出た形跡もない」

「……今更あの子に何の用があるというのですか。殿下は完全に縁を断ち切ると仰せだったはずですが？」

俺に向かって眼光鋭く睨《にら》みつけてくるが、こちらも負けてはいられない。

「あれは、そちらが申し出た事だろう。婚約を白紙にするというなら、記憶を封じ、関わりを絶てと……」

「なるほど。ご自分に都合の良い事だけを覚えていらっしゃるようで。私はあの時、二つの選択肢を提示したはずですが？」

「……もちろん覚えている」

あの時提示されたのは「婚約を取り消して記憶を封じる」か、「時が来るまで二人の婚約を隠し通し、俺は自分の力をつける事に専念する」そのどちらかだった。どちらにしても彼女には会えなくなるし、後者を選んだ場合リスクが高すぎる。ならばいっその事ゼロにしてしまおうと思ってしまったのだ。

ノリス公爵家は陰で支えると言ってくれたのに、あの頃の俺はあまりに立場が弱く、自分に自信が持てなかった。

「ああ……そちらに連絡はしませんでしたが、魔法による記憶封じは失敗に終わりました」

「何⁉　そんなはずは無い！　魔道師の指示で最近まで髪を黒く染めてはいたが、彼女は俺を見ても何の反応も示さなかったぞ」

ラナの祖父は大きな溜息《ためいき》を吐《つ》いて、俺に当時の事を説明し始めた。

「あの後、なぜか数日で記憶が戻り、殿下に会いに行くと言って聞かないあの子に、事情があって婚約は取り消され、会う事も出来なくなったと説明しましたが……大人でも手が付けられないほどに暴れ、泣き叫び、眠る事も食べる事も拒絶して、三日目の朝、あの子は何を思ったのか鏡に映った自分に暗示をかけ、自ら記憶を封じ込めたのです」

「なっ……なぜそんな事に……」

小さなラナがどんな思いでそうしたのか……考えただけで胸が締め付けられる。一度決まった婚約を、彼女には何の相談も無く取り消してしまった。あの時の俺の判断は間違いだったのだろうか。

あのパーティーの日まで、俺は彼女とまともに顔を合わす事もなく、弟の婚約者となって再会を果たした時も彼女は無反応だった。だから、あの時の術が効いていると信じていた。

まさかこの国一番の魔道師の術が、簡単に解かれてしまうなんて想像もしなかった。

「あなたを忘れるために自己暗示をかけて以来、あの子の性格は変わってしまいました。元気で活発だったあの子の姿はもう見る事も出来ないのです」

ラナが大人しくなったのはそう躾《しつ》けられたからだと思っていた俺は、ショックで言葉も出なかった。

「第二王子派と立ち向かう道を諦《あきら》め、あの子との別れを選んだのも、当時を思えば仕方がなかった。王弟殿下は二人の仲を知らずとも、あなたを追い落とす切り札としてあの子に目を付けた。お互いに想い合っていると知れば、どんな扱いをされたかわかりません」

この人が彼女の記憶を消したいと言った理由が、本当の意味でわかった気がする。自分だけが辛いと思っていたが、彼女は知ってしまったのだ。婚約が取り消された事を。そして、俺の判断で記憶を消そうとした事も。

嬉《うれ》しそうに婚約が決まったと言って俺のもとに駆けてきた、あの日の彼女の笑顔が、何度も繰り返し思い出される。


――子どもの頃、俺の母の開いた茶会には、ノリス公爵夫人が必ず参加していた。

そして毎回母親に連れられて来ていたラナは、茶会で用意された甘いお菓子よりも、広い庭園内を散策する事を何よりの楽しみにしていた。

庭の奥にある、俺の為に庭師が苦心して作った、大人の腰ほどしかない低い生垣の迷路が、彼女のお気に入りの遊び場だった。

大人の腰ほどの高さと言っても、五歳の子どもには視界を遮るのに十分な高さがあり、周りの大人達の目線からはひょこひょこと移動する頭が見えていて、まず迷子になる心配はない。

俺と初めて会ったあの日、彼女は俺もまだ遊んでいない完成したばかりの迷路に入り、勝手に遊んでいた。それは、庭師が俺に迷路が完成した事を知らせに来ている間の事だった。

庭師と従者を連れて、わくわくしながら迷路のある庭の奥に行くと、見覚えの無い侍女が迷路の向こう側に立っていた。母の客がこんな奥まで来た事はなく、しかも綺麗《きれい》な花が咲いている訳でもないのに、ジーっと生垣の中央辺りを拳《こぶし》を握りしめながら見つめていた。

「あれは誰の侍女だ？　母上の茶会に来た誰かの侍女だろうが、こんな所で何をしているんだ？」

「さあ、私も存じ上げません。庭園内には仕切りがあるわけではございませんから、どなたかが散策しているうちに、間違ってこちらまで来てしまったのかもしれませんね」

辺りを見ても、それらしき夫人は見当たらなかった。

侍女の視線の先を辿《たど》って見れば、キラキラ光る何かが迷路の中にいる事に気が付いた。俺は走って迷路まで行き、中にいる誰かに向かってこう叫んだ。

「おい！　お前ここで何をしている！　ここは俺の迷路だぞ！　俺より先に入って楽しむとは許せん！　さっさと出て来い！」

突然俺が現れた事で侍女は驚き、中にいる子どもに声を掛けたが、中から聞こえて来たのは、女の子の泣きそうな声だった。

「誰？　私も出たいのだけど、方向がわからなくなってしまったの」

「お嬢様、そこをまっすぐ進んで、二つ目の角を右です！　ああ、反対です。そちらでは無く……」

侍女は庭師が全貌《ぜんぼう》を見るために設置した台の上から見て、進む道を教えていたようだが、恐らく、侍女から見た右と、中の女の子の右が正反対だからいつまで経っても出られないのだろう。

先ほどから反対、反対と言って方向が違うと知らせているが、そうするうちに女の子はパニックになり、足がすくんで動けなくなった。

「おい、俺を抱き上げて迷路の全貌を見せろ」

「しかし、それでは殿下の楽しみが……」

「いいから、俺が迎えに行ってくる」

迷路を楽しみにはしていたが、泣いているかもしれない女の子を放ってなどいられない。

俺は迷わず庭師に肩車をさせて、迷路の全貌を見た。そんなに大きくはないが、思ったより複雑に作られていた。

「おお、よく作ったな。これでは何も知らずに入れば迷ってしまう」

「こんな事になるとは思わず……立ち入り禁止のロープでもかけておくべきでした」

「よし、経路はわかった。降ろせ、行ってくる」

上から見た時は、それほど迷うようなものとも思わなかったが、実際中に入ってみれば、自分の背丈と変わらない壁に囲まれて、なかなか圧迫感を感じる造りだとわかった。

「おーい、聞こえるか？　俺が今行くから、そこから動くなよ。そうだな……気が紛れるように、何か歌って待っていろ」

「歌？　歌……えーっと……～～～♪、～～♪」

「フハッ、聞いた事のない歌だな……メロディーは悪くないが、どこの言葉だ？」

俺は微かに聞こえる彼女のおかしな歌を聞きながら、その声のする方へ淀《よど》みなく迷路を進んで行った。道順さえ間違わなければこの程度、どうって事ない。段々歌声が近付いてきて、俺はその子がどんな子なのか、ちょっと楽しみになっていた。

自然と歩く速度は速くなり、気づけば駆け足で迷路を進んでいた。そこを曲がれば女の子がいるはず。そう思って角を曲がると、キラキラ輝く女の子が立っていた。

空を見上げながら歌っていた彼女は、俺の存在に気がつくなり、不安そうな顔から、パアッと花が咲いたような笑顔に変わり、かと思えば、今度はうにゅっと口をへの字に曲げて、大粒の涙を流して俺に向かって突進してきた。

「えっ、うあっ、ちょ、待っ……」

彼女の方がちょっと背が高かった事もあり、結局は受け止めきれずに、数歩下がってそのまま後ろに倒れてしまった。

「ぐえっ……」

「イタッ」

そりゃまあ、あの勢いで倒れたら、どこかをぶつけても仕方がない。おまけに俺は、首に腕を回されたお陰で一瞬首を絞められて息が出来なかった。

とりあえず、倒れた場所が柔らかい芝生で覆われていて助かった。


しばらくそのままの体勢で泣いた後、体を起こしてポロポロと涙をこぼす彼女は、この国の貴族にはあまり見かけない見事なプラチナブロンドで、綺麗な藍色《あいいろ》の瞳《ひとみ》が涙で潤んだ、とても可憐《かれん》で可愛らしい少女だった。

しかし、下唇を突き出して、眉《まゆ》を下げた情け無い表情の彼女を見た俺は、思わず笑い声をあげてしまった。

「ブハッ……なんて情け無い顔をしているんだ。せっかくの可愛い顔が台無しじゃないか」

彼女は俺が笑い出すと、ふにゃっと表情が和らぎ、つられて一緒に笑い始めた。

「えへへへ」

「笑ってないで、そこをどいてくれないか。いつまで俺の上に乗っているつもりだ」

「わ、ごめんなさい。重かった？　嬉しくて、つい抱きついちゃった。どこか痛くした？」

さっきまで泣いていたかと思えば笑い出し、今度は俺の心配か。クルクルとよく表情の変わるやつだ。

「何、これしきの事、どうって事ない。ほら、外に出るぞ。お前の侍女が心配している」

俺は彼女のドレスに付いた葉っぱを払い落とし、白くて華奢《きゃしゃ》な手を握ると、出口に向かって歩き出した。

「お前は普通の令嬢達と違うな。普通怖がって一人で中に入ったりしない。しかも結構いい所まで進んでいたんだぞ？　ほら、もうそこが出口だ。慌てなければ、一人でも出る事が出来たな？」

「本当だ……何だ、こんなに近くにゴールがあったのね。泣いたりして恥ずかしい。この事は誰にも言わないでね？」

「よし、誰にも言わない代わりに、俺の友人になれ。お前が気に入った。またここに来たら、今度は一緒に遊ぼうではないか」

　自分でも女の子相手に何を言っているんだと思ったが、この子は他の女の子とはどこか違うと直感した。そして俺の予感は的中し、彼女は大人しそうなその見た目とは反対に、実はかなり天真爛漫《てんしんらんまん》なお転婆で、「オニゴッコ」や「ダルマサンガコロンダ」など、外での遊びを色々と提案してくれた。特に、固く巻いた毛糸玉を、木の棒で打つ遊びが楽しくて、彼女が来るのが待ち遠しくて仕方がなかった。


　母の茶会は月に数回開かれていて、彼女とはもう何度も遊んでいた。そして出会ってから一年が過ぎ、彼女は六歳、俺は七歳になっていた。

「今日は母上が茶会を開くと言っていたのに……遅いな、エレインのヤツ。早く来い」

「そろそろではありませんか？　ほら、来ましたよ」

母が茶会を開く会場は、いつも同じ訳ではない。見ごろを迎えた花の近くだったり、テラスだったり色々だ。だから、場所によっては遠くて彼女の来るのが遅くなってしまうのだ。

「エレイン！　待っていたぞ！」

「ウィルフレッド様！　お待たせしました。今日は何をして遊びますか？」

俺は彼女に夢中だった。だからなのか、遊んでいる途中で彼女から聞いた他の異性の名前に、なんとも言えない不快さを感じてしまう。ただの幼馴染《おさなな じ》みに嫉妬《しっと》するとは、自分はなんと心が狭いのだ。

「そうだ、昨日もお父様に連れられて、エヴァン様の所に行って来ました」

「ああ、幼馴染みのエヴァンか。最近はよく遊びに行くのか？」

「はい。でも、エヴァン様はウィルフレッド様のように、私と外で遊ぼうとしないんです。綺麗な花冠を作ってくれたり、庭を散歩したり、花畑で花を見てお話をするだけ。ここでの遊びに慣れてしまって、何だか物足りないんです」

「ふん、そんな事を言わず、同じように走り回れば良いではないか」

「出来ません。お父様に見られたら叱られてしまいます。ありのままで居られるのは、ウィルフレッド様の前だけですから」

そんなにつまらないなら行かなければ良いものを。ああ、父親同士が仲が良いのなら……もしかして、将来二人を結婚させる気かもしれない。だから頻繁に会わせているのか？　そんなのダメだ。

「エレインは……大人になったら、その、エヴァンと結婚するのか？」

「えっと、お父様達は、そのつもりみたいです」

やはりな。エレインは公爵家の娘で、祖父は隣国の王だと聞いた。ならば、俺と結婚してもおかしくない相手だ。俺達はまだ子どもだけど、今のうちに結婚を申し込んでしまおうか？

「あの……ウィルフレッド様、突然ですけど……私の事は今日から、ラナと呼んでくれませんか？」

エレインは急にもじもじし始め、頬を赤らめながら、呼び名を変えろと言い出した。

「ん？　ラナ？」

「はい、私の正式な名前は、エレイン・ラナ・ノリスと言います。真ん中に入っているラナというのは、アルフォードでは親しい者にしか呼ばせない特別な名前なんです。家族以外で呼ばせるのは、伴侶《はんりょ》となる方……だけです」

「そんな特別な名を呼ぶ事を、俺に許すと言うのか？　ふ、ふん、ならば呼ばせてもらう。では俺の事は、ウィルと呼べ。王族が愛称で呼ぶ事を許すのは、同じような意味だ。様なんて付けず、ウィルで良い」

突然の申し出に驚きつつも、俺は嬉しくてニヤけてしまいそうになるのを必死に我慢して、少しぶっきらぼうに愛称で呼ぶ事を許した。

「ウィル……えへへ、照れますね」

「ラナ。ラナか、家族以外では、俺だけが呼べるのだな。ではお前は、俺のいいなずけだ。父に言って、正式に婚約の話を進めてもらおう。いいな？」

「はい……」

照れて真っ赤になった彼女は、嬉しそうに笑った。

今思えば、まだ六歳と七歳のくせに、随分ませた子どもだった。

その日の内に父にその事を話したら、願ってもない相手だと、とても喜んでくれた。早速ノリス公爵家と婚約の日取りを話し合い始めた頃、俺は毒殺されかけた。

日常的に毒に慣らされてきたが、それがまだ耐性の付いていない毒だったせいで、俺は何日も生死の境を彷徨《さまよ》った。

夢の中で、ラナが心配そうに俺の顔を覗《のぞ》き込んでいた。

死にたくなかった。もっとラナと遊びたい。その一心で俺は体に残る毒と闘った。


俺から毒が抜けた頃、久しぶりにラナに会う事になった。

母は俺が暗殺されかけた事を悟られないように、いつも通り茶会を開き、俺もいつも通りに迷路の前でラナが来るのを待っていた。従者の他に、今回は王宮筆頭魔道師も一緒だ。

「本当によろしいのですか？　私の術で殿下の事を忘れさせてしまって、後悔しませんか？」

ラナの記憶を消してほしいと無理矢理頼み込んで連れて来た彼は、あまり乗り気ではないらしい。

「良い。よく考えて決めたのだ。俺の巻き添えで、ラナに何かあっては困る。父上とラナの家にも事情を伝えて婚約は白紙に戻してもらった。あとはもう、ラナの中から俺の存在を消すだけだ」

情け無い事に、俺には力がなく、味方も少ないせいで、好きな女の子ひとり守ってやる事も出来ない。暗殺から自分の身を守るので精一杯なのだ。父も母も、俺を推してくれているが、王妃の産んだ弟の勢力には勝てないとわかっていた。

元々この国では、国王と王妃との間に健康な男子が生まれれば、そちらが王位継承順位第一位と決まっていた。

しかし、それが必ずしも良い王へと育つとは限らず、何度も国は乱れた。

そんな中、側室の子であっても有能だとわかれば、そちらに王位を継がせるという異例の決定を下した王がいた。

王妃の下で甘い汁を吸っていた権力者達からの反発は相当大きかったと思うが、議会での話し合いの結果、この国始まって以来初となる、王位継承順を無視した有能な国王が誕生したのである。

その王が治めるようになってからのこの国は、国土を広げるだけの無意味な戦は無くなり、民への重税も緩和された。周辺国家との関係も良好となり、今も平和を維持している。

それ以来、生まれ持った能力や性質を重視した王太子選びが行われてきたのだが、なぜか近年になって王が側室を持たなかったり、持ったとしても側室に子が生まれないなどして、王妃の産んだ子が立て続けに王となっている。

故に、また昔のように王妃の子が優勢な時代が続いていて、側室の子軽視という風潮が今の世代では当たり前になってしまった。

王位継承争いにラナを巻き込みたくない。だから今は、自分に力をつけて味方も増やし、王太子となる為の努力をする時だ。

「お付き合いをやめるだけで良いではありませんか。何も記憶を操作しなくとも……」

「婚約が決まったと喜ぶあいつに、その話は無くなったなんて言えない。もう会えないと伝えたら、悲しむに決まってるだろ。俺からは何もしてやれないなら、せめて悲しませない方法を選びたい」

ラナは何も知らず、いつも通り満面の笑みを浮かべて俺に向かって駆けて来た。

「ウィルー！　婚約が決まったわ！　嬉《うれ》しい！　私、ウィルのお嫁さんになるのよ！」

「ん、そうだな……」

俺の合図で、王宮筆頭魔道師はラナが俺を忘れるように術をかけた。本来なら、それで彼女は永久に俺を思い出せないはずだった――。

「……では、彼女の記憶を封印したのが魔法ではないというなら、何かの拍子に記憶が戻る事もありえる、という事か？」

「さあ……？　あの子は自分の性格が変わってしまうほど、強く暗示をかけてしまったようです」

「頼む、彼女の居場所を教えてくれないか」

「申し訳ありませんが……殿下、あの子は今、本来の自分に戻りつつあるのです。余計なしがらみから解放されて、この地で毎日幸せに暮らしております。身辺警護もぬかりはありません。どうかそっとしておいてください」

「……そうか」

俺のやってきた事は無意味だったらしい。彼女は今も国内に居て、幸せに暮らしているという。ならば、俺は身を引くしかないだろう。

「ご期待に添えず、申し訳ありません」

「いや、突然の訪問に快く応じてくれて、感謝する。たとえ王都内に彼女がいるとしても、人口を考えれば偶然会う確率は果てしなく低い。認めたくはないが、やはり俺達は、縁が無かったと言う事か……。邪魔をしたな」


ノリス公爵家を出た俺は、王宮には戻らず、もう一人のラナのいる宿へ久しぶりに顔を出す事にした。あそこで美味《うま》い飯を腹いっぱい食べれば、この落ち込んだ気分も浮上するだろう。

女々しくも、彼女に会いたいという気持ちは当分消えそうにないが、今は、ラナが幸せだとわかっただけで十分だ。

第四章　誰かに料理を作る幸せ

「エレイン、次は俺が投げるから、お前が打つ番だ！　あはははっ、へったくそだなー、もう一回投げるぞー」

「もう、――様、ちゃんと真っ直ぐ投げてくださいよ！　的はここです、下手なのは――様の方ですよ」

「おい、大丈夫か！　すまない、ぶつける気はなかったのだ。怪我《けが》はないか？」

「ふふ、平気です。――様、毛糸玉が顔に当たったくらいでは、怪我なんかしませんよ。次はキャッチボールしませんか？　ほら、何度も玉拾いさせられる従者が可哀想《かわいそう》ですもの」


夢を見た。

小さな子どもの頃の夢。

夢の中の私は、多分五歳くらいで、優しいミルクティー色の髪をした同い年くらいの男の子と、はしゃいで庭を駆け回り、野球ごっこをして遊んでいた。

あんな男の子、私の友達には居ないのに、なぜかとても親しげだったわ。

男の子の名前と顔が、まるで映像にノイズでも入ったみたいに不鮮明で、どんな名前なのか、どんな顔なのか、まったく思い出せない。

今感じているのはどこから来る感情なのかしら？　とても懐かしくて、悲しくて、胸が締め付けられるよう。

いつものように鳥の声で目覚めた私は、なぜか涙を流していた。頬を伝う涙を手で拭《ぬぐ》い、顔を洗いにバスルームへ向かう。そしてこの何とも言えない複雑な感情を、眠気と一緒に冷たい水で洗い流した。


前世の私なら、小学校に上がる前はよく男の子に交ざって野球をしていたけど、今の私の子どもの頃に、そんな遊びを一緒にしてくれる友達は一人も居なかった。エヴァンは私を常に女の子として扱い、庭で遊ぶにしても、決して走り回ったりなどした事はない。

おじい様の厳しい躾《しつけ》が始まったのが、多分六歳くらいの頃。

そうだ、躾が始まる前の私は、のびのびと育ち、家族が呆《あき》れるほど勝気でお転婆な子どもだったっけ。

だからおじい様は厳しかったのに、厳しくされている理由を忘れるだなんて、どうかしてるわ。

私はいつから理不尽に叩《たた》かれていると思い込んでいたのかしら。前世の常識だと、子どもへの体罰は虐待だと騒がれるけれど、この世界ではまだ、ある程度それがまかり通っている。

確かに厳しい人だけれど、根気良く躾《しつ》けてくれたお陰でこの世界の常識を身に付ける事が出来たのよね。

私は前世の考え方や常識に囚われて、物心付いてからは特に、この世界の常識を素直に受け入れられずにいたから。

ミルクティー色の髪と言えば、一瞬だけ見えたフレッド様の髪の色がそうだった。そんなに印象的だったのかしら。夢に見てしまうくらいに？

「ああもう、考えてもわからない。ただの夢よ」

前世の記憶と今の記憶が、夢の中で混ざってしまったのかもしれないわ。もしかしたら、もっとじっくりあの男の子を見たら、顔は日本人だったかもしれないし。

前にそんな夢を見た事があるけど、前世の高校にいる夢を見た時、チヨとシンとタキが出てきて、普通に同級生として会話してたじゃない。それにシンが私の勤めていた会社の同僚で、残業帰りに二人で飲みに行く夢も見たっけ。その時のシンの名前は仁《じん》だったけど、実際に存在した仁さんとは見た目が全然違うのに、なぜか私の中では二人が同一人物として成立していた。こういうの、脳内変換っていうのかしら。

あの頃は恋人のいない者同士、たまにお互いの趣味に付き合ったりして、イベントで彼に無理やり魔法戦士のコスプレをさせた事もある。恥ずかしがっていたけど、最後は結構ノリノリで楽しんでいた。ああ懐かしい。仁さん、すごく良い人だったなぁ……。

顔を洗ったついでにコップに水を汲《く》み、昨日シンに貰《もら》ったブルーデイジーに初めての水やりをした。

「おはよう、今日も新しい花が咲きそうね。いくつか蕾《つぼみ》が膨らんでる。ふふ、本当に可愛いわ。シンはどんな気持ちであなたを買ってくれたのかしらね」

私は花に癒されて、少しだけザワついていた気持ちが、ふっと落ち着きを取り戻すのを感じた。

水色の花びらにちょこんと触れて、身支度を始める為にその場から離れると、風もないのに、時間差で私の問い掛けに答えるかのように、サワサワと花が揺れていた。


身支度を済ませた私は、かまどに火を入れ、おにぎり用のご飯を炊き始めた。するとカタンと物音がして、眠そうに目を擦りながらチヨが起きてきた。

「ラナさん、おはようございますー、ああ眠い……」

「おはよう、チヨ。なあに？　寝不足なの？」

「はい、ちょっとだけ。実は昨日の夜遅くにリアム様が戻ってきたんですけど、急用が出来たからって、フレッド様と二人、夜中に出て行ったんです。お二人はまたしばらく戻らないと言っていました」

チヨの自室には、フロントのカウンターに置かれたベルの音が良く聞こえるので、夜間に出入りするお客様が居れば、彼女がその対応をしてくれている。外から来たお客様の到着を知らせるベルももちろんあって、ドア横の紐《ひも》を引けば、屋内に付けられたベルがリーンと鳴る仕組みになっている。

「まあ、夜中にお出かけになったの？　明け方を待って出発すれば良かったのに、よほど急いでいたのね。わかったわ。ご飯が炊けるまで、もう少し寝ていてもいいわよ？」

「じゃあ、ちょっとだけ。ご飯が炊けたら起こしてくださいね」

「ええ、おやすみ、チヨ」

作業台に突っ伏して、すぐにスヤスヤと寝息を立て始めたチヨに毛布をかけてやり、私はおにぎりの具を準備し始めた。

このままではチヨの負担が大き過ぎるわ。私の方はタキが作業に慣れてきたお陰で、私不在でもどうにかなるけれど、チヨの仕事は代わりが居ないものね。私の部屋まで紐を引いて、夜間専用にベルが鳴るようにしようかしら。

そうこう考えているうちにご飯は炊きあがり、お釜《かま》からおひつにご飯を移し変えていると、その匂いに反応してチヨが起きてしまった。

「あ、もう、どうして起こしてくれなかったんです？　私がやりますよ」

「……ねえ、チヨ。朝の営業をやめましょうか。早朝から深夜まで働き詰めで、いくら若いと言っても、これでは身体を壊してしまうわ」

私の突然の提案に、チヨは目を瞬き、首を横に振った。

「ダメです！　体は疲れてなんかいません。毎日ラナさんのご飯を食べてるせいか、本当に疲れが溜《た》まらないんです。大体、おにぎりの利益はかなり大きいんですよ！　それをやめるなんて勿体《もったい》無いです」

チヨは儲《もう》けが減る事を心配しているようだ。でもやり方次第では、今よりもっと儲かるかもしれない。

「そうじゃなくて、朝売るのをやめて、前のようにお昼の営業の時に外で売れば良いじゃない。朝しか立ち寄れないお客様には申し訳ないけれど、その方が効率的じゃない？　お昼に食べに来るお客様はたくさんいるのに、この狭い食堂では入りきれず、帰ってしまう人も多いわ。外でおにぎりを売れば、無駄足をさせずに済むでしょう？」

私の説明に一応納得はしているみたいだけれど、まだ何かに拘《こだわ》っているチヨは首を縦には振らなかった。

「だって、それだと……」

「フィンドレイ様の事を気にしているの？　あの方なら直接来られなくなっても、従者が代わりに買いに来るから心配無いわよ？」

「でも、だったら、そのお昼の販売を追加したら良いじゃないですか。どうせ売り子は他の女の子に任せるんですよね？」

私達二人の仕事量を減らそうという提案をしているのに、増やしてどうするのよ。

チヨはエヴァンに会えなくなるのが嫌なのだろう。エヴァンもすぐに来なくなるかと思えば毎朝来て、そのたび私に話しかけてくるものだから、最近少し面倒な事になってきたのよね。

どうしたら良いかしら。やっぱりチヨにあの話をする？　女の子の夢を壊すようで気が進まないけれど、ここはひとつ、心を鬼にして。

「チヨ……あのね、あなたに話しておく事があるの」

「あ！　ラナさん、早く作ってしまわないと、開店時間が来ちゃいます。大変大変、急ぎましょう」

「あ……ええ、そうね。具はそこに用意してあるわ」

私達は話を中断して、おにぎり作りに取り掛かった。今日は定番の他に、数量限定で、なんちゃって天むすを追加した。


昨晩のメニューで天ぷらを作った時に出来た天かすと、シンと買出しをした時に見つけた乾物屋の小エビ、それに細かく刻んだ紅しょうがを少量と、ご飯がベチャベチャにならない程度の甘辛い天つゆを混ぜただけのものだけど、それが何となく天むすっぽい味がして、少し工夫すれば商品に出来るのではと考えた。

昨夜まかない用に作った物だったけれど、皆からは美味《おい》しいと好評だったので、残った天かすを使い、試しに出してみる事にしたのだ。もしも人気が出たとしても、前日に天ぷらがメニューに入っていなければ作る事の出来ない幻のおにぎりである。

「大丈夫かしら……？　これ、勢いで作ってしまったけど、売る事に少し罪悪感があるわ。まかないなら許されるけれど、どうせなら本物の天ぷらで作った方が良いのではない？」

「これで良いんです。小エビ以外はタダですよ？　前日のあまり物で作れるなんて最高じゃないですか。第一朝から天ぷらなんて揚げたくないですし、お昼までに傷んでしまいますよ」

「それはそうなのだけど……。じゃあ、ちょっと安くしましょうか？」

「しません！」

チヨはそれから黙々とおにぎりを作り続け、おひつに入っていた大量のご飯は、あっという間にすべて無くなった。


「ふう、完成しましたね」

「私達、まるでおにぎりマシーンね……すっかり手が動きを記憶してしまって、日に日に作るペースが速くなってる……」

「ましーん？　て、なんです？」

「……あ。ううん、なんでもないわ。ほら、お客様を迎える準備を済ませてしまいましょう」

チヨは作業台におにぎりを並べ、早速外で待つ客達を中に迎え入れた。

今週になって注文を受けてから作るというやり方をやめたお陰で、私も注文を聞く係としてカウンターに立つ事になったのだけど、アイドルの握手会ですかと聞きたくなる現象が起きてしまった。

商品を買った若い男性客が、もう一度列に並び直してもう一つ買って帰るのだ。

これでは、いつも通りの時間に買いに来る他のお客様の分が無くなってしまう。私はチヨにこの場を離れると耳打ちして、厨房《ちゆうぼう》へ引っ込む事にした。

「ごめんね、チヨ。私、洗い物をしてくるわ。あと、お願いね」

「え、せっかく上手《うま》くいってるのに……！　あ、いらっしゃいませ、何にしますか？」

いつも通りチヨ一人に任せる事で、おかしな現象はストップしたけれど、ケビンが来る時間まで商品が残っているか、正直微妙なところだ。なんちゃって天むすは早々に完売し、最近人気の梅も売り切れてしまった。

そして並んでいた客が捌《さば》きされた頃、エヴァンがやって来た。

「あ！　おはようございます、エヴァン様！　今日は何にしますか？　おすすめは、新メニューの天むすですよ！　甘辛いタレの染みたご飯に、天ぷらの衣と干したエビを混ぜたものです」

完売したはずの天むすを勧める声を聞き、私は思わず作業台を見た。そこには、いつもエヴァンが買っていく和風ツナと、今日は完売したはずの梅と天むすが三個ずつ、壁側に隠して置いてあった。

チヨ……特別扱いはやめてと本人に言われたのを忘れたのかしら？

私の予想通り、エヴァンはメニュー表に記された完売の文字を見て、それを指摘した。

「今聞いたのはコレではないのか？　完売になっているが。もしも俺の為に取り置きしたというのなら、今後はやめてくれ。特別扱いを受けたい訳ではない。今日はコレとコレを三つずつ買っていく事にしよう」

「でも……はい、わかりました」

チヨは渋々言われたものを包み、エヴァンに渡した。エヴァンは少し呆《あき》れたような顔をして会計を済ませ、いつも通り私の居る食堂側に移動してきた。

来なくて良いから、早く帰ってよ。

私はエヴァンに気が付いていないふりをして、お釜をゴシゴシ洗い続けた。

「おはよう、ラナさん。最近フロントに花が飾ってあるのを見て、家から持って来たんだが、これも一緒に飾ってくれないか？」

エヴァンはどこから出したのか、小さな白いバラを中心にした、白い花で作った小ぶりのブーケを差し出してきた。声をかけられては無視する事は出来ない。私は振り返って、彼の方を見た。

そのバラには覚えがある。おば様自慢のバラ園に咲いていたものだわ。子どもの頃は、よくそれで花冠を作ってくれたわよね。あなたはあの頃と同じ事を、今度は宿屋のラナに対してしようというの？

「おはようございます。とても綺麗《きれい》ですね。でも、この宿には不釣合いですから、別のどなたかに差し上げてはいかがですか？」

「ハハ、つれないな……。バラはお気に召さなかったようだな。フロントに飾ってあるような花が好みなのか？」

エヴァンはカウンターにブーケを置いて、溜息《ためいき》を吐《つ》いた。

「ええ、しかし……フィンドレイ様に花を贈られるような立場ではありませんから、今後はおやめください」

「立場は関係ないだろう。まだ知り合って間もないが、俺が嫌いか？」

そんな風に切ない顔を見せても無駄よ。あなたとはもう関わりたくないの。ここでは平民として生活している手前、下手な事が言えないだけで、本当はもう顔も見たくないと言いたいところよ。

心の中では複雑な思いが入り乱れているけれど、私は軽く首を傾《かし》げて微笑《ほほえ》むだけにとどめ、何も答えず曖昧《あいまい》に受け流した。

ふと、フロントからチヨの視線を感じ、私はそちらに目を向ける。案の定、チヨは悲しそうな目で私を見ていた。エヴァンが私に構うといつもこうなる。それが本当に嫌だった。

私がチヨに気を取られていると、エヴァンは食堂と厨房を繋《つな》ぐスイングドアを通り、ツカツカと中に入って来た。

そして私の前に立ちはだかり、彼を拒絶するように突き出した私の手を掴《つか》んで引き寄せ、顎《あご》をクイッと持ち上げた。

「な……何をするんです！　離して！　ここは関係者以外立ち入り禁止よ！」

暴れる私にお構いなしで、エヴァンはじっくり私の顔を観察して、ぼそりと呟《つぶや》いた。

「似てる。化粧に誤魔化されて気づかなかったが、こうして間近に見るとエレインにそっくりだ」

「おい！　その手を離せ！」

裏から出勤してきたシンとタキが、二人の間に割って入り、エヴァンからサッと私を引き離してくれた。

「シン！　タキ！　手を出しちゃダメ！」

シンとタキの二人は素早く私を背に庇《かば》い、シンは今にも殴りかかりそうな勢いでエヴァンを睨《にら》み付ける。そして彼は自分より少し目線の高い大柄な騎士見習い相手に、少しも臆《おく》する事無く一歩前に進み出た。

一触即発の空気が流れ、私は熱くなったシンを止めようと必死で叫んでいた。

「やめて！　シン、ダメよ！　貴族に暴力を振るえば、たとえこちらが悪くなくても、問答無用で罰せられてしまうわ。私は大丈夫だから、お願い……落ち着いて！」

「ラナさんは黙って僕の後ろに隠れていて。こんなに怯《おび》えて、怖かったね。僕らがもう少し早く来ていれば、こんな思いはさせなかったのに……！」

タキはいつもと変わらない優しい声なのに、その表情は眼前の敵を見据える戦士のような凛々《りり》しさで、私を守ろうと真剣にエヴァンと対峙《たいじ》していた。

「タキ、あなたも冷静になって、シンを止めてちょうだい。私、怒った男の人が怖いの……お願い

だからみんな怒らないで……」

この場のピリピリとした空気が、私にあの断罪劇の恐怖を思い出させた。さらに目の前には当事者であるエヴァンが居る。不快感をあらわにした彼の表情が、あの日私に向けられたものと重なって見えた。無意識に体が拒否反応を示し、カタカタと震えてしまうのを止められない。

私の声を聞いたシンは、無理矢理怒りを静めると、エヴァンに厨房を出るよう言ってくれた。

「あんたがうちのオーナーに何をしようとしていたのか知らないが、ここは神聖な調理場だ。速やかに出てくれ」

エヴァンは顔面蒼白《そうはく》で震える私を見て、シンに促されるまま大人しく厨房を出てくれた。そして今度はカウンターの向こうから、顔に後悔の色を滲《にじ》ませて私に話しかけてきた。

「本当にすまない。ラナさんが俺の知っている女性に見えて、本人なのではないかと……顔を確認したくて居ても立ってもいられなかった。しかし、よく考えれば彼女はここに居るはずも無いし、料理など出来る人ではない。冷静さを欠き、突然無礼な行動を取った事、許してほしい。あなたを怖がらせるつもりはなかった。本当に申し訳ない事をしてしまった」

エヴァンは深々と頭を下げ、平民だと思っている相手に本気で謝罪してみせた。

私がそのエレイン本人だと知ったら、あなたはどんな反応をする？　おじ様と一緒にうちに謝罪しに行ったようだけれど、それは私への謝罪ではなく、ノリス公爵家に対してでしょう？

これを機に、もう来ないでと言いたいところよ。シンとタキが驚いているじゃない。貴族が平民娘相手に、簡単に頭を下げるものではないわよ。

「フィンドレイ様。世の中には、自分に良く似た他人が三人は存在するそうです。どんなに似ていようとも、私はあなたの知る女性ではありません。私にその方を重ねて今まで話しかけていたのでしたら、もうやめてくださいませんか」

「違う！　それは無い。実は、俺はその人に謝らなければならない事があって、行方を捜している最中なのだ。初めてあなたを見た時は、雰囲気は違っても顔がよく似ているし、その髪の色で彼女かと疑ったが、話し方も、性格も、着る物の好みもまったく違う。あなたは確かに彼女とは別人だった」

エヴァンは必死に弁解するけれど、私に謝らなければならない事って何？　今更あれは冤罪《えんざい》だったとでも言うつもりなの？　それならそれで構わないけれど、私の心に付けられた傷は、謝罪されても生涯消える事はないと思うわ。

「あんたはその人に何をしたんだ？　捜し出してまで謝らなければならない事があるという割りに、こんな所で別の女を口説こうとしてたんじゃないのか？」

「シン！　そんな口の利き方をして、フィンドレイ様を怒らせないで。貴族を甘く見てはダメ！」

シンは怒りが収まらないのか、私の制止を聞かず言葉を続けた。

「違うのか？　そこにある花束は、オーナーへのプレゼントだろ？」

カウンターの上に置かれた白いブーケは、ちょっと庭の花を摘んできた、という気軽さではなく、あきらかに花に詳しい誰かに作らせた本気の贈り物だ。珍しい種類の白いバラと、ピンクの蕾《つぼみ》に白い花びらのジャスミン、それにカスミソウをちりばめた、まるでウエディングブーケのような完成度。

「それは……感謝の気持ちのつもりで作らせた物だ。ラナさんの料理で、体力の落ちた友人が、無事回復したからな。わかった、彼も回復した事だし、もうここへ来るのはやめにする。気づかぬうちにラナさんに対して何か気に障る事をしていたのか……どうやら俺は、知らぬ間に嫌われてしまったようだしな……」

どこかで聞いたような台詞《せりふ》だと思えば、私があなたに無視された時に同じ事を考えたわ。

ただし、あなたと私では決定的な違いがある。

私は本当に何かをした覚えもなく、ある日突然あなたに嫌われ、無視されたのよ。あれからいくら考えても理由はわからないまま。私に何か落ち度があったなら、気を遣わずに言ってほしかったのに。

あなたは宿屋のラナには何もしていないかもしれないけれど、私には暴力を振るい、さらに言葉や態度で精神的な苦痛を与えたでしょう？

「あなたは……非力な女性に暴力を振るったわ」

「強く手首を掴んでしまった事は謝る。あれほど暴れるとは思わなかったのだ」

「……その事ではありません」

「では、いつの話をしている？」

あの頃のあなたは私に何も言ってくれなかったけれど、私は、あなたを拒む理由を教えてあげる。

私はエヴァンを拒む理由を話す前に、フロントから動かずに、固唾《かたず》を呑《の》んでこの様子を見ている
チヨに目をやった。彼女は握った両手を胸に当てて、ハラハラした様子で私とエヴァンを交互に見ていた。

ごめんね、チヨ。あなたの理想とする、夢のように素敵な騎士のイメージを壊してしまうけれど、十三歳ならば、もう現実を知るべきかもしれないわ。

シンとタキも、私が何を話すのか、心配そうな顔をして黙って私を見つめている。

私は一度深く息を吸い込み、あまり感情的にならないよう気をつけて、ゆっくりと息を吐いてから話し始めた。

「何の罪も無い、無抵抗の女性の頭を鷲掴《わしづか》みにして、力ずくで床に這《は》い蹲《つくば》らせた騎士見習いというのは、あなたの事ではありませんか？」

エヴァンは思い掛けない私の言葉にわかりやすく動揺し、サッと顔色を変えた。そしてゴクリと唾《つば》を飲み込むと、怪訝《けげん》そうな表情を浮かべて、小さな声で問いかけてきた。

こんな場所に、あのパーティーの出来事を知る人物が存在するとは思いもしなかったのだろう。

「なぜ、あなたがその事を……？」

「貴族の令嬢に知り合いが居るのです。その方の話だと、十分な事実確認もせずに、誰かの一方的

な訴えを鵜呑《うの》みにして、ある女性を突き飛ばして怪我《けが》まで負わせ、公衆の面前で、ありもしない罪を並べて吊《つ》るし上げたそうですね」

「それは……！　突き飛ばしたのは俺ではないし、あの程度で怪我などするわけがない……！」

「そうですか？　立ち去る時に足を引きずっていたと聞きましたが」

「……足を引きずる演技をして、同情を引くつもりかと周囲の者達は囁《ささや》いていたが……一体誰がそのような話を……？」

エヴァンは私が立ち去るところをちゃんと見ていなかったの？　ドアが閉まる時、サンドラの向こうにエヴァンが見えたけれど、あなたもこっちを見ていたじゃない。

私の期待に反して、心配して追いかけて来たのは、あなたではなくヒューバートだったわね。

周囲の人達と同じように、あなたまで同情を引くための演技だと思っていただなんて。

確かにあの時のあなたは、私の事を人を雇ってまでサンドラを襲わせる悪女だと信じていたのだから、そう思っても仕方がないかもしれないけれど、騎士としては、怪我をしたかもしれない女性を見て見ぬ振りは、どうかと思うわ。

「誰から得た情報かは、相手に迷惑をかけてしまいますから、言う事はできません。足を引きずるほどのお怪我をされたのなら、きっと医務室で治療を受けたのではありませんか？　医師も覚えているかもしれませんし、気になるのでしたら、ご自分で確認してみればよろしいかと」

エヴァンは私に怪我を負わせたと知り、ショックのあまり立っていられなくなったのか、フラフラとよろめいてカウンターに両手をついた。

「俺があいつに怪我を……？　ヒューバートが追いかけて行ったのはそのせいか。ではきっと、治癒魔法で治してもらったのだろうが……診察記録など、残っているのか？」

ぶつぶつと独り言を呟きながら、エヴァンはふらりと出口に向かい、食堂を出て行こうとした。

「あの……買った商品をお忘れですよ」

チヨは哀れみと戸惑いを含んだ表情で包みを差し出し、エヴァンに声をかけた。

「ああ、すまない。気が動転して……。ラナさん、貴重な情報をありがとう。彼女に会って、誠心誠意、心を尽くして謝ろうと思う。長々と邪魔をして悪かったな。では、これで失礼する」

エヴァンは一度振り返って私にそう告げると、包みを大事そうに抱えて、フラフラと覚束《おぼつか》ない足取りで出て行った。


カウンターには白い花のブーケが置き去りになり、ジャスミンの甘い香りがほのかに香った。

私はそのブーケを手にとって、彼がこれを持って来た意味を考えてみた。

エヴァンはこのピンクの蕾のジャスミンの花言葉を知っていたのかしら？

「あなたは私のもの・官能的な愛・誘惑」どれも意味深なメッセージだ。

それに、白薔薇《しろばら》の花言葉は「私はあなたに相応《ふさわ》しい・恋の吐息」、もしも意味をわかっていたなら、逆に感心してしまう。ストレートに解釈すれば、「あなたは私のもの」で「私はあなたに相応しい」という意味の花束なのだから。

でもそれは深読みのし過ぎね。どうせ彼に伝えられた通り、メイドか誰かが渡す相手のイメージを元に綺麗《きれい》なブーケを作っただけ。きっとそう。そうであってほしい。

「オーナー、その花束、捨ててくるから俺に寄越せ」

シンは不機嫌そうに私に向かって手を差し出していた。タキはそれを見て、なぜか噴き出しそうになるのを必死に堪えている。

「ダメ。だって花に罪は無いでしょう？　せっかく綺麗に咲いたのに、こんな一瞬で捨てるのは可哀想よ。彼の気持ちは受け取らないけれど、この子達は数本ずつに分けて、客室に飾らせてもらうわ。第一こんな上等な薔薇、花屋でだって滅多にお目にかかれないのよ？　丹誠込めて世話をしたのは別の人なのだし、ね？」

「何だよ、さっきまであんなに怯《おび》えてたくせに、ちゃっかりしてるな」

「シン、それを言うならしっかり者と言ってちょうだい」

「フフッ、ところで今日は色々と話し合いが必要そうだね。夜にでも時間を作れるかな？」

「私もそうしたいと思っていたの。夕食を私の部屋で一緒に取りましょう。チヨ、それで良い？」

チヨはこくりと頷《うなず》いて、口をキュッとへの字に曲げた。

チヨもあの緊迫した物々しい雰囲気を感じ取り、目の前で喧嘩《けんか》が始まってしまうのではと心配で怖かった事だろう。

私はチヨのもとへと行き、彼女を優しく抱きしめた。そして頭を軽く撫《な》でてやり、こわばった体をほぐすように、背中をさすって落ち着かせた。

「怖かったわね、もう大丈夫よ」

「違います……怖かったのは、私よりラナさんの方ですよ。エヴァン様が、ラナさんに対してあんな無体な事をするだなんて……」

「ガッカリした？」

「何がです？」

チヨは体を離し、とぼけた表情で私の顔を見上げた。

「何がって……フィンドレイ様をお慕いしていたのでしょ？」

「ああ〜、えっ……と、確かに最初は憧《あこが》れていましたけど、エヴァン様がラナさんの事を見ているって気づいてからは、その恋を陰ながら応援しようと思ってました。私とじゃ、何もかもがつり合いませんよ。エヘへ……」

チヨは少し自虐的に答え、泣きそうになるのを必死にこらえて無理に笑顔を作ってみせた。

それがとても切なくて、チヨに慰めの言葉をかけようとするけれど、こうなった原因の私が言うのは何か違う気がして、声をかける事が出来なかった。

タキが私に代わってチヨを慰めると、チヨはまだ心に燻《くすぶ》る恋心を隠すように目を伏せ、そのまま俯《うつむ》いてしまった。

やり方は間違ってしまったけれど、彼女なりに少しでもエヴァンの目に映ろうと努力していた事は知っている。

これがチヨの初恋だとすれば、ちょっと苦い思い出になりそうだ。

◇◇◇

私達はエヴァンが帰った後、気を取り直して通常作業に戻り、ランチの仕込みに取り掛かった。

「手首に痣《あざ》が残っちゃったね」

タキは私の手首を見て、エヴァンに掴《つか》まれたせいでくっきりと残ってしまった痣を指摘した。

「はぁ……こんな痕《あと》が残るだなんて、本当馬鹿力なんだから……」

「ちょっと手を貸してくれる？」

タキはエプロンのポケットから清潔なバンダナを取り出すと、包帯のように細く畳んで痣が隠れるように優しく手首に巻いてくれた。

そういえば、前世では中学生の頃にバンダナを手首に巻くのが流行ったわ。何だかちょっと懐かしい。巻き方もこんな風だったわね。

「ありがとう、タキ」

「休憩に入ったら、ちゃんと冷やすんだよ。痛むようなら言って。僕に出来る仕事なら代わりにやるからね」

タキが気を遣ってあれこれ声をかけてくれるのに対し、シンは何も言わず重い物を持ってくれたり、手首に負担のかかるフライパンを振る料理の担当を代わってくれた。この日の私は、料理の味付けと、鍋《なべ》の中身をかき混ぜるくらいの事しかさせてもらえなかった。

別に、痣が出来たというだけで、捻挫《ねんざ》したわけでもあるまいし、普通に仕事は出来るのだけど。途中でそう言っても、二人は聞き入れてくれず、今日は出来るだけ安静にするよう言い渡されてしまった。

でも、考え方によってはこれで良かったのかもしれない。タキに野菜の下ごしらえ以上の仕事を教える良い機会となったから。

体が弱っていた数年間、何もせずただ黙って過ごしてきた彼は、まるでスポンジのように教えた事を吸収し、すぐに自分のものにしてしまった。

今は新しい何かに挑戦する事がとても楽しいらしく、常に意欲的で前向きな彼は、なんとも頼もしい存在だ。このままタキが料理人として成長してくれたら、調理場の負担はかなり減る事になる。そうすれば、私もフロント業務を覚える時間が出来て、チヨの負担も減らせるだろう。

「二人共、今日はどうもありがとう。部屋に食事を用意したから、片付けが済んだら来てくれる？」

「ああ、ってゆーか、いつの間にそんな事してたんだよ？　料理を運ぶのは俺かタキに言えば良かっただろ」

「大丈夫です。私がやりましたから。ラナさんの手に負担はかけてません」

チヨが失恋の痛手を引きずってしまうかと心配したけれど、仕事中はそんな様子を微塵《みじん》も感じさせる事なく、いつも通りの元気な看板娘として接客に勤しんでいた。

ちなみに、チヨが取り置きしていたあのおにぎり達は、朝寝坊して遅れて来たケビンに買われていった。

チヨはドヤ顔で親指を上に立て、シンとタキはそれに感心した様子でニッと笑い合い、同じく親指を立ててチヨに返した。

何？　この結束力。

私はシンとタキが厨房《ちゅうぼう》の片付けに集中している間に、取っておいたミニトンカツでカツ丼を作り、チヨに運ぶのを手伝ってもらっていた。片付けはほぼ終了していた二人は、すぐに部屋までやって来た。

「何かコソコソ作ってると思えば、作ってたのはこれか。今日は出来るだけ安静にしてろって言っただろ」

「皆が心配するから、黙って言う事を聞いていたじゃない。本当に見た目ほど痛くないんだから、仕事をしても大丈夫だったのよ？　せめて一日の終わりの食事くらいは、私に用意させてほしかったの。ほら、温かいうちに食べちゃいましょう。カツ丼は初めてでしょ？」

艶々《つやつや》の半熟たまごでとじられたカツは、甘めの汁が適度に衣に染みていて、サクッと一口噛《か》んだ瞬間に、出汁の香りと、香ばしいカツの風味が口いっぱいに広がった。そして甘めの汁の染みたご飯をぱくりと口に入れる。

「うーん、久しぶりのカツ丼、やっぱり美味《おい》しい。あら？　皆どうしたの？」

三人は私が食べるのをじーっと観察していた。丼物を作ったのは初めてだったので、どうやら食べ方がわからなかったらしい。まずはチヨが私を真似て、カツを一口食べてみた。彼女は一瞬動きが止まったかと思えば、今度は何も言わず、黙々と頬張り始めた。

「チヨ、美味しい？」

私の質問に対し、チヨは何度も頷きながら夢中で食べている。

それを見たシンとタキも、同時にカツを口に入れた。

「ウマッ、なんで今まで作らなかったんだ？　これ、看板メニューに出来るだろ」

「美味しい！　自分が揚げたカツがこんな料理に変身するなんて……サクサクをそのまま食べるのも良いけど、僕はこっちの食べ方の方が好きだな。ラナさん、天才！」

二人はどんぶりを持ってご飯を掻《か》き込むようにして口いっぱいに頬張った。

もぐもぐと咀嚼《そしゃく》するあいだ、幸せそうに目じりを下げる三人を見て、私はおっとりとした微笑《ほほえ》みを浮かべつつ、密かに心の中では、令嬢らしからぬガッツポーズをして喜びを噛みしめていた。

皆が幸せそうにご飯を食べてくれると、私も嬉《うれ》しい。でもこれは、私が考えた料理ではないのだけど。

それにしても、チヨは違和感が無いけれど、異国の風貌《ふうぼう》をしたイケメンのシンとタキがどんぶりを持ってご飯を掻き込む姿は、ちょっとおもしろい。

「お気に召していただけたようで良かったわ。ふふっ……二人共、もう少しゆっくり食べたら？　喉《のど》を詰まらせるわよ？」

次は何丼にしようかしら？　こんなに喜んでくれると、次は何を作って驚かせようかって、楽しみが増えるわ。前世の自分も、両親がこんな風に喜んでくれたから、家で料理をするのが苦にならなかったのよね。


完食した三人は、満足した様子でまったりとお茶を飲み始めた。

それを見ながら皆の食べ終わった器を洗い場に持って行こうとすると、タキにトレーを取られてしまった。

「僕がやるから、ラナさんは座ってて良いよ」

「じゃあ、二人で片付けましょ？　その方が早いわ。チヨ、シン、お茶でも飲んでてね。これを片付けてくるわ」

「あ、俺も手伝う」

「待ってください、そんなの私がやりますよー」

「ふふっ、四人分の食器を洗うのに、そんなに人は要《い》らないわよ？」

それでもシンが席を立とうとするから、タキは私を押して強引に部屋から出した。

「兄さん達は、休憩してて。僕とラナさんで十分だから。行こう、ラナさん」

私が先に出てしまったから見えなかったけど、食器を持って部屋を出て行く前に、タキはシンに向かって一瞬だけベロを出して見せた。

「な……！　お前な！」

何かシンの声が聞こえたけれど、タキはクスクス笑いながら、空のどんぶりを載せたトレーを持って私の後について来た。

「なあに？　私の背中に何か付いてる？」

「いや、何でもないよ。ちょっと兄さんが最近面白くて……クックック」

「シンが？」

何か面白い事をしたのかしら。さっきのどんぶりを持ってご飯を掻き込む姿は面白かったけど、シンは基本的に仏頂面で、面白い事を言ったりもしないと思うのだけど。

タキと私は洗い場に並び、タキが洗って私がそれを拭《ふ》くという流れ作業で、すぐに洗い物は終了した。

「こんなの、一人でも良かったわね。行きましょうか」

私が食器を棚に仕舞って部屋に戻ろうとすると、タキは何も言わず私の手を取って引き止めた。

「……どうしたの？」

「手首を冷やそう。その痣《あざ》がいつまでも残っているのは嫌だろ？」

「あっ……そうね」

タキは午前中に付けてくれたバンダナをスルスルと解き、私の手首を手の平で挟むようにして包み込んだ。

洗い物をした後の彼の手は冷たくて、もしかして、それで冷やすという冗談なのかと思ってクスクス笑っていると、以前経験した、あの感覚を思い出す現象が起きた。

「タキ……あなた魔力持ちだったの？　それも、治癒魔法が使えるだなんて……」

私の手首はポッと一瞬温かくなり、タキが上に重ねていた方の手を離すと、痣は綺麗《きれい》に消えていた。驚いて彼の顔を見上げると、少しホッとしたように私に微笑みかけ、そして首を傾げた。

「あれ？　治ったところを見る前だったのに、よく治癒魔法だって気づいたね。かけられた事があるの？」

「え、あ……ええ、あるわ。でもこんな事をして、あなたの体は大丈夫なの？」

「うん、思ったより体に負荷がかからなかった。ラナさんのご飯を食べたばかりだからかな、全然大丈夫だよ」

タキはニッコリ笑って私の手を離し、もう一度バンダナを巻き直した。

「急に治っていたら、チヨちゃんに変に思われるかもしれないから、今日はこのままでいよう。この事は内緒だよ。兄さんには帰ってから魔力が戻ったと教える事にする。まさか体の回復だけじゃなくて、魔力まで戻るなんて思ってなかったよ」

「シンはあなたが治癒魔法を使える事……知っているの？」

「もちろん知ってるよ。といっても、使えるようになって一年もしない内に、僕があの状態になってしまったから、兄さんも魔力は無くなったと思ってるだろうね」

こんなに身近なところに治癒魔法を使える人が居ても、シンはそれがどんなものか、あまりよく知らなかった。平民には、魔法の知識を得る場が無いのだから、仕方がないのかもしれないけれど。

あの時私に魔力があるとしつこく迫ったのは、何か理由があったのかしら。

「シンは平民の中にも、魔力を持った人は居ると言っていたけど、あなたの事だったのね。私に治癒魔法が使えるんじゃないかって詰め寄ってきた事があって……あまり現実的ではないし、どうしてそんな事を言うのか不思議だったの」

「ああ、それはきっと、魔力を持つ仲間が欲しかったから……だと思う」

「仲間……？」

「うん。僕らには、魔法に関しての情報交換が出来る相手が居ないから。それに、無自覚のままでいると、不意に人前で魔法を使ってしまう危険性があるしね。僕らの両親にはどちらも魔力があって、その危険性について話してくれたんだ。それを思い出して、もしそうだったら忠告しようと思ったんじゃないかな。まあ、ラナさんの力は魔法じゃないと思うから、抑える事は出来ないけどね」

今、すごい事実をサラッと言ったわね。両親共に魔力持ちですって？　もしかして、想像以上に市井《しせい》には隠れ魔法使いが潜伏しているというの？　それとも、彼らは元は貴族で、どこかの国からの移民なのかしら？　気になるけど……もしも私のように素性を隠しているなら、下手に聞かない方がいいのかもしれない。

「魔法の使い方は、ご両親から教わったの？」

「うん。でもちゃんと教えてもらう前に、二人共亡くなってしまったから、実はよくわかってない。とりあえず、僕の持つ魔力はどの魔法の属性にも当てはまらないモノだったし、危険だから体が成長するまで絶対使うなって言われていたんだ」

「もしかして、好奇心で治癒魔法を試した？」

「いや、あれは偶然だったんだ。母さんが包丁で指を切ってしまったとき、ポタポタと血が止まらないのを見て、僕が咄嗟《とっさ》に手で押さえたら、まだ教わってもいないのに、なぜか魔法が使えてしまったんだよ。当時は体が小さくて、それに耐えられるだけの体力もなくて、数日寝込んでしまってね。あの時はすごく叱られたな……危険だっていう意味を、体で思い知る事になったよ」

子どもの体で治癒魔法を使うだなんて、余程魔力が豊富じゃない限り、自殺行為だわ。

普通魔力を持つ貴族の子どもは、力を使えないように制御ピアスやイヤーカフをして、学校できちんと学ぶまで力を封印されるものだけど、平民でそんなものを身につけていたら、魔力持ちだとすぐにバレてしまうものね。

ご両親も、どうしたら魔法として発動してしまうのかを教えた上で、絶対使うなと言い含めるくらいしか出来なかったのね。

「じゃあ、それ以来使った事はなかったのね。一か八かで私に使うなんて、あなたに何かあったらどうする気なの？」

それでなくてもタキはちょっと前まで死にそうなくらい弱っていたのだから、見た目通りにすべてが回復しているかなんて、わからないじゃない。

私は彼の体が心配で、少し責めるような口調になってしまった。

「体も成長したし、大丈夫だって思ったからだよ。それよりも、あの男の形跡を早く消し去りたいって気持ちの方が大きかったから……。君の性格を考えたら、一言断ってからやるべきだったかな。だけど、治すと言っておいて魔法が使えなかったら、それもちょっと恥ずかしいよね」

タキは怒りを滲《にじ》ませてエヴァンの事を言った後、その空気を和ませるように最後はおどけてニッコリ笑った。

あの時、シンはわかりやすく怒りを露《あらわ》にしたけれど、タキも静かに怒っていたものね。

ダメね……私。こんな時は素直に、治してくれてありがとうって言うべきよね。

「治してくれてありがとう、タキ」

「うん、もうあの男が現れない事を祈るよ。君に似た女性に執着しているようだし、今後も気を付けた方がよさそうだけどね。ただ、彼には黒いモヤモヤは無かったよ。心の色も、くすんではいなかったし、僕らの受けた印象とは違って、彼は悪人ではないようだ。でも、まだ君に関わろうとするなら、僕らはいつでも戦うけどね」

戦闘力ゼロの私達では、きっと束でかかってもエヴァンに勝てるわけがないけれど、不思議と頼もしいと感じるのは、彼らが私を本気で守ろうとする場面を目の前で見ていたせいかしら。

「ふふっ、あの大男相手に戦ってくれるだなんて、頼もしいわね。さて、チヨとシンが待っているわ。長く話し込んでしまったから、急いで部屋に戻りましょう。チヨにはちょっと、お説教が必要だわ」

エヴァンに黒いモヤが無いのは、何と無く感じていた。もしもパーティーの日の彼をタキに見てもらう事が出来たなら、きっと真っ黒だったと思うけれど。

うちのおにぎりって、体力回復効果の他に、邪心を祓《はら》う効果まで付いているのかしら?

うーん……それは流石《さすが》に検証が難しいわね。


「私、朝の営業をやめようと思うの」

私とタキが部屋に戻り、ほんの少し皆で雑談をした後、私は今朝チヨに話した事を、シンとタキにも相談する事にした。宿屋はただでさえ二十四時間営業のようなもので、夜中だろうと早朝だろうと関係なく、宿泊のお客様の対応をしなくてはならない時もある。

夜間の対応を請け負ってくれたチヨへの負担は、相当なものだろう。

元はと言えば、私がここに越してきてから、自分達の朝ごはんを作るついでに、宿泊客にも簡単な朝食を提供するという、他の宿には無いサービスを始めたのがきっかけだった。

新サービスはとても好評で、出発前に昼食用のおにぎりを売ってほしいという要望が出た事から始まり、どうせならと今の状態になってしまったのだ。

なんと言っても、お金を手っ取り早く稼ぎたいなら、おにぎりを売るのが一番効率がいい。チヨは自分も手伝うからと言って、自らこの仕事を増やしてしまった。

私がここに来る前と後とでは、売り上げも格段に増えたけれど、チヨの仕事もその分増えてしまったのだ。

本人がそれで納得し、結果に満足しているから文句も出ないが、他の従業員に同じ事をさせれば、間違いなく不満が出るだろう。

「ラナさん！　朝のおにぎりの利益はかなり大きいと教えたじゃないですか。私なら平気です。今《け》朝《さ》ちょっと眠いって言ったのが悪かったんですよね？　もうそんな事言いませんから、お昼にも屋台を出して売る方向で考えましょうよ」

「だからそうじゃなくて、私とチヨは仕事量が多過ぎるから、減らした方がいいって言ってるの。私がここに住むようになってから、チヨの仕事は減るどころか、逆に増えてしまったわよね？　まだ始めて二ヶ月しか経っていないから体に不調は出ていないかもしれないけれど、ずっとこれが続くのは、さすがにあなたの負担が大き過ぎるわ」

私とチヨが言い争うのを聞いて、シンはワザと大げさに溜息《ためいき》を吐《つ》いて、頭をガシガシと掻《か》き、呆《あき》れたように言葉を挟んだ。

「チヨ、オーナーはお前の体を心配してくれてるのに、お前はオーナーの体が心配じゃないのか？　お前は大丈夫でも、オーナーは辛いかもしれないとは考えられないのかよ。いつまでも子どもじゃないんだ、少しは相手を思い遣る事も覚えた方がいいんじゃないか？」

シンの言葉に、チヨは唇を噛《か》んで出しかけた言葉を呑《の》み込んだ。

タキもこの件に言いたい事があるようで、挙手をして軽く咳払《せきばら》いすると、彼も意見を言い始めた。

「僕からも、言わせてくれる？　僕はラナさんの意見に賛成だよ」

タキは私にニッコリ微笑んだ後、真剣な表情でその理由を話し始める。

「あのね、二人の負担が大きいっていうのももちろんなんだけど、今日みたいな事がまた起きないとも限らない訳だし、僕らが居ない時間帯の営業は、もうやめてほしいな。今日は何となく嫌な予感がして、いつもより大分早く出て来たから間に合ったけど、いつも通りに出勤していたら、ラナさんは何をされたかわからないいんだよ？」

タキの意見に続けるように、シンもチヨに対して思っていた事を、これを機に言って聞かせた。

「まったくその通りだ。この宿はただでさえ俺達が居ない間は若い女二人で切り盛りしてるんだ。おかしな事を考える男はこの先も出てくるかもしれない。チヨ、お前はオーナーが商売を始めた当初から一緒にやって来た同士かもしれないが、自分が雇われ者だって事を忘れるなよ。改善するための意見を言うのは構わないが、それを無理に押し通そうとするな」

シンとタキに責められて、チヨは口を尖《とが》らせてすねてしまった。頭ごなしに言われては、わかっていても素直に聞き入れられない、といった感じだ。

「シン、もう少し優しく……」

「お前がそうやって甘やかすから、こいつは図に乗るんだ」

シンはチヨを窘《たしな》めているかと思えば、今度は私に向かっておかしな事を言い出した。

チヨを甘やかした覚えなんかない。むしろ私がチヨに甘えているという自覚はあるけれど。

「なんですって？　いつ私がチヨを甘やかしたの？」

「あの男が最初にここへ来た時だって、一番忙しい時間なのに手の平を軽く火傷《やけど》してまでチヨの為におにぎり作ってやっただろ。あんなの時間外だって断ればよかったんだ」

「ちょっ……無茶言わないで。貴族相手に一度引き受けた注文を断れる訳ないでしょ！」

「今朝だって、あの男の為に取り置きなんか許して、チヨが一人の客を贔屓《ひいき》するのを黙認したんだろ？」

「してないわよ！　その事も今注意しようと思ってたわ。他のお客様に見られていたら、うちの評価が下がってしまうもの」

チヨは自分の事で私とシンが言い争いを始めた事でオロオロし始め、何かを決意した顔になると、ガタッと椅子を鳴らして立ち上がり、上を向いて突然大きな声を上げた。

「ごめんなさいっ！　ラナさんは何も悪くありません。悪いのは私です！　私情を挟んで、客商売なのにやってはいけない事をしました！　あんな事もう絶対にしませんから、ラナさんを責めないでください！」

言い終わると、チヨは半べそをかいて私とシンの顔を見た。そのあまりに情け無い表情を見て、シンは我慢できずに噴き出してしまった。

「ブハッ……お前……なんて顔して……」

「シン、女の子の顔を見て笑うなんて失礼よ」

笑い続けるシンを窘めて、べそをかくチヨにオーナーとして決定した事を告げる。

「チヨもわかったでしょ？　あの方の気を引きたくてやった事でしょうけど、特別扱いを誰もが快く思う訳ではないし、そんな事をこの宿がしていると他のお客様が知れば、良い気持ちはしないのよ。タキの言う通り、朝だからって油断はできないとわかった事だし、朝の営業は今週いっぱいでやめる事にするわね」

「はい……わかりました」

チヨは納得した様子で私に返事をして、ストンと椅子に座った。

「シン、私、チヨを甘やかしてなんかいないけれど、むしろ私がチヨに甘えていると思うわ」

「もういいよ、チヨにわからせる事は出来たんだから。逆にお前はもっと俺達に甘えろよ」

「私は十分皆に甘えていると思うけれど……？」

ただ、それが当たり前だと思わないように気をつけているだけ。

皆の事は信頼しているけれど、エヴァンが私にしたように、また急に突き放されてしまうかもしれないという恐怖心から、つい臆病《おくびょう》になってしまうの。

「じゃあ、明日からは僕達も、朝の開店に間に合う時間に来るからね」

「お前達だけで店を開けるなよ？」

「ええ、わかったわ。ありがとう、シン、タキ」


残りの数日間で、朝のおにぎり販売は中止するとお客様たちに告知して、皆から惜しまれつつも、私達は早朝の仕事から解放された。

お昼に販売するおにぎりは、ご飯と中に入れる具を私が用意して、チヨの監督の下、従業員の女の子達で作って販売してもらう事になった。

人手が増えた分、販売数も伸び、毎朝来ていたお客様と、今まではお昼に食堂に入りきれず、諦《あきら》めて帰っていたお客様とが買ってくれるようになり、結局このやり方の方が儲《もう》かるという事で、チヨの笑いは止まらなかった。

最近、お箸《はし》を使うお客様が増えた気がする。開業当時からフォークでもスプーンでもお箸でも、使いやすい物を使ってほしくてセットにして出しているのだが、よく来るお客様ほどあえてお箸を選んで使い、慣れない道具に苦戦している姿をたびたび目にするようになった。

「お箸の使い方、ずいぶん上達しましたね」

カウンター席に座って夕食をとるお客様の箸使いが気になり、さり気なく声をかける。

「ここの常連は大体これで食べてるだろ、みんな負けたくなくてこっそり家で練習してるんだよ」

「まあ！　そうだったんですか？」

この会話を聞いていたカウンター席に座る他のお客様と、その後ろのテーブル席のお客様数名が同時に頷《うなず》いた。

「え？　皆さんもですか？」

商売上手のチヨは、お客様の競争心を上手く煽《あお》り、会計を済ませに来た客に練習用のお箸を売っていた。使い方はその場でチヨが教えており、それでほとんどの常連さんはお箸の使い方をマスターしていたのだ。そして常連客が箸を使うところを見た新規のお客様が、我も我もと練習用にお箸を買い求めるというシステム。私はフロントでお箸が買える事は知っていたけど、そんな事になっているとは知らなかった。

そこにタキがやって来て、さり気なく私達の会話に加わる。

「うちにも練習用の箸はあるよ。僕もチヨちゃんに教わって練習したんだ。兄さんは誰かの手元を

よーく見てるから、教わらなくても使えるようになったみたいだけどね。くくく……」

「なっ……タキ！　お前な！」

頼まれた料理をすべて作り終えたシンは、背後からタキの首に腕を回し、ふざけて軽く絞め技をかけた。タキは楽しそうに笑い、「ギブ、ギブ」と言ってシンの腕を叩《たた》く。

「シ、シン！　タキが苦しそうだからやめてあげて」

「こいつはいつも俺の事を揶揄《からか》って遊んでるんだよ。たまに仕置きが必要だ」

「あははは、やっぱり図星だったんだね。だから耳が赤くなってる」

「黙れ、もっと絞められたいのか？」

この会話で二人はただジャレているだけだとわかり、今度は呆れて止めに入った。

「もう！　厨房《ちゅうぼう》の中で暴れないで、二人とも！　ホコリが立つじゃない」

私達が騒ぐ声を聞きつけたチヨは、フロントからひょっこり顔を見せた。自分より年上の私達がふざけているのを見て、腰に両手を当てて注意しようとこちらに向かってきた。

「さっきから何騒いでるんです？　オーダーはストップしてもまだ営業中ですよ、三人とも！」

「え？　私も？」

チヨが来るのを見て、タキからスルッと腕を解いたシンは、すぐさまチヨの首に腕を回した。チヨは突然の事に驚いて弱弱しい悲鳴をあげる。

「ひゃぁぁぁ、何するんですかー。私は関係ないですよー」

「チヨ、お前普段からタキに余計な事ばっか吹き込んでるだろ？　白状しろ！」

「……えへ、何の事です？」

チヨはわかりやすくとぼけて見せた。色々と心当たりがありすぎて、どれの事を言われているのかわからないという顔だ。

客達は、食事をしながらシンとチヨの掛け合いを見て大笑い。その楽しげな笑い声は外にまで響いていた。


これこそが私の思い描いた下町の宿屋。気取ったりせず皆でワイワイ楽しめる場所を目指してここまで頑張ってきたのだ！

これは自分が幸せになるための第一歩。やりたい事ならいくらでもある！

チヨも元気になってエヴァンの事は一応解決した事だし、私の心配事はひとまず無くなった。

よし！　スッキリしたところで仕切り直しよ！

これから先もずーっと、この幸せな下町宿屋ライフを楽しませてもらうわよ！

おまけ　衝撃のドライカレー

「オーナー、休憩しないのか？」

皆が休憩に入る中、結構な量の食材を抱えて厨房で作業を始めた私に、シンが声をかけてきた。

「あ、シンは休んでいてね。私は今朝買ってきたスパイスで、新しい料理を作ってみたいの」

午後の営業までの自由時間を利用して、ドライカレーを試作してみようと思っているのだ。

しかしシンは、何も言わず私の隣に立ち、手伝いを始めた。

「ありがとう、シン。えっと、ここに置いた材料は全部微塵《みじんぎ》切りでお願い」

彼は私より仕事が早いので、二人でやれば面倒な微塵切りもすぐに終わる。すりおろしたにんにくと生姜《しょうが》、切った野菜とひき肉を順番にフライパンに入れて炒《いた》め合わせ、そこに手でつぶしたトマトを投入。火が通ったら、スパイスと塩を入れてスープを足して煮詰める。漂い始めたカレーの匂いで、甘くてスパイシーな懐かしい味を思い出し、思わず笑みがこぼれた。これを食べた時の皆の反応が楽しみで、すごくワクワクする。

最後にパラっとレーズンを入れ、もったりするまで水分を飛ばせば完成だ。

「お、おい！　料理に何入れてんだよ？　それにさっきすりおろしたリンゴも入れてなかったか？」

「え？　ああ、この料理はちょっと辛いから、リンゴとレーズンで甘味をプラスするの」

シンはわかりやすく嫌な顔をした。普通、果物やドライフルーツはケーキに入れたり、そのままおやつとして食べたりするものだ。しかし辛い料理というものがあまり無い国なので、誰でも食べられるようにリンゴとレーズンで子ども向けの味に仕上げてみたのだ。

良い感じに煮詰まってきたところで、レーズンを一緒にスプーンですくい、ひと口味見してみた。

「……うん、コレよコレ！　この味を求めていたの！　すっごく美味しい！」

思った以上に記憶の中のドライカレーに近くて感動する。出来ればもっとスパイスを効かせて辛くしたいけれど、皆の反応を見てみなければ判断出来ない。

煮詰める間に厨房ではカレーの匂いが充満し、奥で休憩していたチヨとタキが、不思議な匂いに釣られて様子を見に来た。

「なんだか変わった匂いがするんだけど、二人とも休憩しに来ないと思ったら、何してるの？」

「これってラナさんが今朝買いに行ったスパイスの香りですよね。もう一階全体がこの匂いですよ」

どうやら二人は、初めて嗅《か》いだカレーの匂いに相当戸惑っている様子。でも一度この美味しさを知ってしまえば、きっとあなた達もカレーの虜《とりこ》よ。

「さて、ちょうど二人も来てくれた事だし、早速試食してもらおうかしら？　辛いものは平気？」

小皿にランチの残りのご飯をよそい、出来立てのドライカレーを乗せて皆に配る。

未知の料理だというのに、シンは私の味覚を信じてくれたのか、躊躇《ためら》いを見せずスプーンを口に運んだ。そして驚きに目を見張る。

「やばい、これマジで美味いな。辛さも丁度いいし、レーズンもいい仕事してる。さっきはビックリしたが、これはこれで正解だな」

タキとチヨはシンの感想を聞き、恐る恐る食べた。すると二人は口に入れた瞬間に即反応し、タキは目を見開いてブンブンと大きく頷《うなず》き、チヨはごくりと飲み込んで食レポを始めた。

「美味しいです！　噛《か》んでいるとたまに甘い味がして、そのおかげで少しくらい辛くても平気です！　これは気を付けないと無限に食べちゃうやつですね！　どうしよう、お昼を食べたばかりなのに、もっと食べたいです」

チヨはおかわりをしようか迷い、ジッとフライパンを見つめる。それを見て、タキはくすくす笑った。

「不思議だけど、美味しいってわかった途端この匂いがすごく良い匂いに感じるね。ところでラナさん、これはなんていう料理なの？」

「ふふっ、ドライカレーよ」

「おお……！　ドライカレーですね！　じゃあ早速、外の黒板のメニューに今日の目玉として書いてきます！」

そう言ってチヨは勢いよく厨房を出て扉に向かった。

この日の午後の営業では、大量に作ったドライカレーが飛ぶように売れたのだった。

あとがき

はじめまして、大森蜜柑《おおもりみかん》と申します。

この度は『地味で目立たない私は、今日で終わりにします。』一巻をお手に取っていただき、ありがとうございます。

このお話を書き始めたのは、二〇一七年の十一月でした。それから二ヶ月かけて加筆修正を繰り返し、設定や人物像を決め、第一章を書き終えた二〇一八年の元日に、ウェブで連載をスタートしました。

連載当初は、間違いなく恋愛ものとして書いていたはずなのですが、登場する男性達が全員不甲斐《ふがい》なく、ヒロインがしっかり者すぎて隙が無いのも手伝って、いつの間にかほのぼの宿屋ライフがメインになっておりました。

恋愛模様も交えつつ、ヒロインが自分の好きな事をしながら周囲を助け、幸せになっていく様子を楽しんでいただけたら幸いです。

イラストを担当していただきました、れいた様の描く登場人物達はとても魅力的で、彼らが物語の中で動き回っていると想像するだけで、ワクワクしてきます。お忙しい中、素敵なイラストに仕上げてくださいましたこと、深く感謝申し上げます。

担当編集Y様、ウェブ上にたくさんある作品の中から、この作品を見つけて声をかけてくださり、ありがとうございます。勝手がわからず、教える事の多い私に、優しく丁寧に対応してくださった事、本当に感謝しています。おかげ様で、何度もくじけそうになりながらも、なんとかここまで頑張れました。

そして、一体どれだけの人の手を借りてこの本が読者様の手に届くのか想像もつきませんが、編集部の皆様及びこの本の出版に携わるすべての皆様、大変お世話になりました。

最後に、この本を手に取ってくださった皆様、ウェブで応援してくださった皆様へ。皆様がいなければ、このような機会に恵まれる事もなかったでしょう。

お礼の言葉をいくつ並べても足りないくらいに、ただただ感謝の気持ちでいっぱいです。

大森蜜柑

カドカワBOOKS

地味《じみ》で目立《めだ》たない私《わたし》は、今日《きょう》で終《お》わりにします。1
下町《したまち》で宿屋《やどや》の女将《おかみ》に大変身《だいへんしん》！

2019年4月10日　初版発行

著者／大森蜜柑《おおもりみかん》

発行者／三坂泰二

発行／株式会社KADOKAWA

〒102-8177
東京都千代田区富士見2-13-3
電話／0570-002-301（ナビダイヤル）

編集／ビーズログ文庫編集部

印刷所／大日本印刷

製本所／大日本印刷

Printed in Japan
ISBN 978-4-04-735559-0 C0093

新文芸宣言

かつて「知」と「美」は特権階級の所有物でした。

15世紀、グーテンベルクが発明した活版印刷技術は、特権階級から「知」と「美」を解放し、ルネサンスや宗教改革を導きました。市民革命や産業革命も、大衆に「知」と「美」が広まらなければ起こりえませんでした。人間は、本を読むことにより、自由と平等を獲得していったのです。

21世紀、インターネット技術により、第二の「知」と「美」の解放が起こりました。一部の選ばれた才能を持つ者だけが文章や絵、映像を発表できる時代は終わり、誰もがネット上で自己表現を出来る時代がやってきました。

UGC（ユーザージェネレイテッドコンテンツ）の波は、今世界を席巻しています。UGCから生まれた小説は、一般大衆からの批評を取り込みながら内容を充実させて行きます。受け手と送り手の情報の交換によって、UGCは量的な評価を獲得し、爆発的にその数を増やしているのです。

こうしたUGCから生まれた小説群を、私たちは「新文芸」と名付けました。

新文芸は、インターネットによる新しい「知」と「美」の形です。

2015年10月10日
井上伸一郎